咲《さ》き誇《ほこ》る薔薇《ばら》の宿命《しゅくめい》

犬飼のの
NONO INUKAI

イラスト
國沢 智
TOMO KUNISAWA

JN287223

Lovers
Label

CONTENTS

プロローグ

自分と子供のために二十年間囚《とら》われの身となったルイに会えるまで、あと一年――。

そう思っていた香具山紲《かぐやませつ》の前に、彼は突然《とつぜん》現われた。その身から放つ芳香《ほうこう》も、奇跡《きせき》のような美貌《びぼう》も変わっていない。吸血鬼《きゅうけつき》ルイ・エミリアン・ド・スーラそのものだ。

本来は地上に存在しない薔薇《ばら》の香り――冷気と共に広がるような冷温の薔薇、たとえるなら最上のローズ・ドゥ・メと、雌《めす》を誘引《ゆういん》する甘美《かんび》なムスク。調香師《ちょうこうし》の紲が命懸《いのちが》けで愛した香りが、今ここにある。手を伸ばせば触れられる位置に肉体があり、声をかければ答えてくれるのだ。

――ルイ……本当に、帰ってきたんだ……。

月夜を駆《か》ける黒塗《くろぬ》りのリムジンは、旧軽井沢にある鹿島《かじま》の森を出て、東京に向かっていた。

広い後部座席のうち、車体に沿うロングシートに紲が座り、彼は後方のシートに座っている。

細長いテーブルを挟《はさ》む形ではあるが、こうして斜《なな》めの位置に座っているほうが話しやすく、ルイとリムジンに乗る時の定位置だった。

以前と変わらないことを嬉《うれ》しくも懐《なつ》かしくも感じたが、本当は少し淋《さび》しい。

久しぶりに会ったのだから、隣《となり》に座って手を握《にぎ》って欲しかった。肩《かた》を抱いて、口づけもして欲しい。それ以上のことも――。

紲は、ルイならそうしてくれると思っていた。東京に着くまで時間はたっぷりあり、窓にはカーテンが付いている。以前、久しぶりに再会した時の彼はもっと性急で……当時はまだ紲がルイを受け入れていなかったこともあり、ルイは威令《いれい》という貴族悪魔《きぞくあくま》特有の能力を使って紲の体を支配し、リムジンの中で無理やり抱いた。熱っぽい愛の言葉を口にしながら――。

「蜜林檎《みつりんご》の香りがする。やはり淫魔《いんま》だな、淫《みだ》らで素直だ。なんとも可愛《かわい》らしい」

フッと笑ったルイは、紲の香りに応じるように薔薇の香りを高まらせる。

やはりルイだ、間違いなく彼の匂《にお》いがする。

調香師として鍛《きた》え上げた紲の嗅覚《きゅうかく》は、些細《ささい》な違いも感じ取る。だからわかるのだ――これはルイの香りに違いないと、本能が訴《うった》えている。

彼の衣服からはイタリアの古城の匂いや人間の血の匂い、そしてごくわずかではあったが、女王の移り香も感じられた。黒に限りなく近い、紫の薔薇を彷彿《ほうふつ》とさせる香りだ。

ルイの嗅覚では感じ取れないだろうが、紲にはわかる。

「お前だって、薔薇の香りを……」

「可愛い恋人と一緒にいるのだから、当然だろう？」

「……だからその……可愛いって言うなよ。いい年なんだし……」

ルイは再び笑っただけで距離を縮《ちぢ》めることはなく、二人の間には、欲情や誘引を示す香りが漂《ただよ》うばかりだった。彼が触れてこないので、紲も触れるに触れられない。軽井沢の屋敷の前で涙《なみだ》を零《こぼ》しながら抱き合ったのが最後だった。

今は涙も引いて喜びが胸いっぱいに広がっているものの、ルイの体が恋《こい》しくて堪《たま》らない。

吸血鬼は冷血（変温）動物で、外気や触れた物と同じ温度になる。車内にはエアコンが効いているので、おそらく今は冷たいだろう。

最初はひんやりとする体に体温を移し、温めるのが好きだった。

そうしてどちらの肌かわからなくなるほど密着して、深い所で繋《つな》がりたい。

淫魔として彼の精を欲する本能も、人として恋《こ》う気持ちも、同時に全部満たして欲しい。

——こっちに来て、何かしてくれればいいのに……せめて、手を握るくらい……。

紲は今のルイの態度に物足りなさを感じていたが、だからといって別段不思議《ふしぎ》だとは思っていなかった。ルイは余裕を見せながらもどことなく緊張《きんちょう》しているようで、その態度を、見た目よりも繊細《せんさい》な彼らしいと思ったからだ。

自信に満ち溢《あふ》れて威風堂々《いふうどうどう》とした姿からは想像もつかないくらい、ルイの心は柔《やわ》らかく、傷つきやすく出来ている。

ルイを傷つけるのはいつも自分だ。愛してくれているからこそ、彼は傷つき、自分もまた、彼を愛しているからこそ臆病《おくびょう》になる。

強気な態度を取っている時でも、内心では嫌われるのを恐れているのだ。

お互いにいつもそうだった。強く信じる想いと、怯臆《きょうおく》は紙一重《かみひとえ》だ。

——黙って俺を置いて行ったことを……責められると思ってるのかもしれない。

紲はルイを責める気などなかったが、彼は過去のことを気にしている気がした。

十九年前の夏、女王に逆らい刺客《しかく》から逃げていたルイと紲は、日本を訪れて束《つか》の間《ま》の幸せに浸《ひた》っていた。二度と離れないと誓《ちか》い、いざという時は一緒に死のうと約束していたが、思わぬ奇跡《きせき》に引《ひ》き裂《さ》かれる。

貴族悪魔には強い子孫を残すための性別転換能力があるが、貴族ではない紲は性別を変えることなく、ルイの子を身籠《みごも》ったのだ。

そういった奇跡を後押ししたのは、紲が豹《ひょう》族の貴族悪魔、李蒼真《リーツァンヂェン》から輸血された血だった。

それ以前に、紲自身が希少《きしょう》な亜種《あしゅ》だったことも関係している。

生まれてくる子供は、吸血鬼のルイと淫魔の紲、そして蒼真《そうま》の血を引く純血種《じゅんけつしゅ》に違いなく、唯一無二《ゆいいつむに》の純血種である女王の立場を揺《ゆ》るがし、魔族社会そのものを危険に晒《さら》す存在だった。

当然ながら純血種の誕生はホーネット教会の絶対禁忌《きんき》とされており、妊娠《にんしん》したことが女王に知られれば、紲と子供の命はない。

そうして幼馴染《おさななじみ》の蒼真に紲と子供を託《たく》すしかなくなったルイは、紲には何も告げず、独りでイタリアに渡った。

女王の目的は、かつて愛した男の跡取り息子が代々受け継ぐ姿形《すがたかたち》にあるため、ルイは自身を差しだすことで身重《みおも》の紲から女王の気を逸《そ》らそうとしたのだ。鑑賞《かんしょう》用の愛人として二十年間の拘束《こうそく》を受け入れ、さらには自分と同じ姿の後継者《こうけいしゃ》を作り、女王に献上《けんじょう》することにも承諾《しょうだく》した。

紲と生まれてくる子供を守るためには、スーラ一族の主に課せられた苦しみを背負う息子が、どうしても必要だったのだ。

「あの女王が……よく解放してくれたな。約束通り二十年経《た》っても、どうなるかわからないと思って心配してたんだ。まさか一年早く帰してくれるなんて……夢みたいだ」

本当に夢のようだと思い、紲は二人の間にあるテーブルに触れてみる。

伸ばしたのは左手で、ルイに近いほうだ。手の甲《こう》を包むように触れて欲しくて、紺碧《こんぺき》の瞳《ひとみ》を見つめてみた。

ルイは無表情で見つめ返してきたが、やはりどことなく表情が硬《かた》く見える。

そんな彼を見ていると、紲は微笑《ほほえ》みかけることさえできない現実の重みを感じた。

ここにルイがいる以上、彼は自分にそっくりの息子を作り上げ、女王に献上してきたことになる。再会を単純に喜んでいいわけがないのだ。父親としてどんなにつらかったことだろう。

「女王陛下《へいか》の目的はスーラ一族の当主の姿にあり、私自身に興味があったわけではないからな。陛下の愛情は完全に息子に移っている。私の役目は終わったのだ」

「……っ」

感情が読み取りづらい、淡々《たんたん》とした話しかただった。

跡取り息子のことを気にしていないようにも取れるが、逆に早く忘れたいほどつらいことのようにも思える。

「お前は私に訊《き》きたいことや言いたいことがたくさんあるだろうが、今は何も言わないでくれ。語り合えば、こうして再会できたことを純粋《じゅんすい》に喜ぶだけではいられなくなる。今だけは、何も考えずに心行くまで幸福を嚙《か》み締《し》めたい。紲……ここに」

「ルイ……」

望み通り手を握られた紲は、後部座席へと導かれた。

隣に移ると、想像以上に冷たい手で抱き寄せられる。

芳《かぐわ》しい薔薇の香りが高まっていくのがわかり、胸の鼓動《こどう》が一気に爆《は》ぜた。

同時に放ってしまう淫毒《いんどく》の香りは、肉体に先んじて彼の香りと絡《から》み合《あ》う。

もう一度名前を呼んで首筋に顔を埋《うず》めると、髪を優しく撫《な》でられた。

そして額《ひたい》に口づけられる。

冷たい唇《くちびる》は、額の温度を移し取って徐々に温《ぬく》もっていった。それくらい長いキスをされる。

——ルイ……俺も同じだ。子供が無事に産まれたことも、馨《かおる》と名づけたことも……あの子がどんなふうに育ったかも聞いて欲しいし、会わせたいけど……今は何より二人でいたい。馨のことも、お前が置いてきた息子のことも全部、夜が明けてから……。

情交には発展しないまでも、ルイに求められているのはわかった。

また、涙が零れそうになる。

問題は数多くあるけれど、それでもこの瞬間《しゅんかん》を心から幸せだと感じられる。

無事な姿で帰ってきてくれた。これからは死ぬまで一緒にいられる。もう二度と離れない。

今度こそ、絶対に離さない——。

1

十九年ぶりに再会したルイが望むまま、ろくに会話もせずに東京まで抱き合っていた紲は、羽田空港の近くにあるホテルに連れて行かれた。日付が変わった頃に軽井沢を出たため、外はまだ暗い。ホテル内は静かで、特にエグゼクティブフロアには人間の姿が一切なかった。

専用のカードキーがなければ下り立つことさえできないフロアは、貸し切りになっている。ルイがイタリアから連れてきた使役悪魔《しえきあくま》四人が出迎え、紲はルイの番《つがい》として丁重《ていちょう》に扱《あつか》われた。リムジンを運転していたのは、元人間で意思を持たないタイプの眷属《けんぞく》——虜《とりこ》だったが、このフロアには虜よりも使役悪魔が多い。

嗅覚の感度をあえて上げて数えてみると、少なくとも他に二人の使役悪魔がいた。紲はその数に妙《みょう》な違和感《いわかん》を覚える。ルイは繁殖《はんしょく》活動を巡《めぐ》って眷属の使役悪魔と対立し、元は人間である虜だけを連れ歩いていた。それに一族を跡取り息子に譲《ゆず》った今、使役悪魔は次代に従うはずだ。

彼らが跡取り息子から直々《じきじき》に、「父上に従え」と命じられている可能性はあるが、ルイなら断る気がする。そしてもうひとつ、何故《なぜ》羽田空港近くのホテルを取ったのかが気になった紲は、それだけはルイに訊いてみた。プレジデンシャルスイートに足を踏み入れる直前のことだ。

「陛下が教会所有の専用機を出してくださったからだ。お前と私の結縁式《けちえんしき》を、教会本部で大々的に開いてくださるそうだ」

「……え?」

「今の陛下は、お前が認識している陛下とは違うのだ。あの方は私を独占《どくせん》したり閉じ込めたりすることよりも、私がより幸福になることを願っている。だからこそ私の望みを聞き入れて、お前を御下賜《おかし》くださったのだ」

両開きの扉《とびら》は、外側から使役悪魔によって閉じられる。生花の飾られた玄関ホールは温かみのある光で溢れていたが、紲は言い知れぬ悪寒《おかん》を覚えた。ルイの言っていることがわかるようでわからず、混乱する。確かにルイを一年早く帰してくれたのだから、思っていたほど横暴《おうぼう》ではなかったのかもしれないが――だからといってあの女王が、紲とルイが番になることを喜んで認めるとは思えない。教会本部で結縁式を挙げるなど不自然極《きわ》まりない話だ。

そもそも紲は二度とあの城に行きたくないと思っていたし、ルイを再び女王に会わせたくもない。ましてや教会の専用機でこのまま連れだされるなんて、あまりにも突然過ぎる。

「……俺を、このままイタリアに?　こんな恰好《かっこう》で……黙《だま》って出てきたのに?」

つい先程まで軽井沢の屋敷の台所にいた紲は、パーカー姿で立ち尽くす。ルイと再会できた喜びを上回りかねない勢いで、不安が加速した。彼に背中を押されて歩かされるものの、足が縺《もつ》れて上手く動かない。時折《ときおり》立ち止まったり急激に進んだりを繰《く》り返《かえ》しながら、リビングへと連れて行かれた。

玄関まですべて含めると三百平米は下らないプレジデンシャルスイートは、リビングだけでも落ち着かないほどの広さがあった。隅《すみ》に置いてある白いグランドピアノが、ぽつんと小さく見える。調度品は凝《こ》ったデザインのモダンな物が多く、都会的な印象だった。

「夜が明けたら、お前と共に北イタリアに戻る。蒼真のことなら何も心配しなくていい。奴の顔など見たくもないが、長年番として接してきたお前の気持ちはわかっている。後から使いをやって、結縁式には招待しよう」

「――っ」

ルイの言葉に、紲は瞠目《どうもく》する。これまで思いつきもしなかった疑惑《ぎわく》が頭を過《よぎ》った。体は彼に促されるまま革張《かわば》りのソファーに落ち着くが、すべての関節が強張《こわば》っている。今の今まで、目の前にルイがいることを夢か現実かと疑ったことはあっても、ルイ以外の誰かだと疑ったことはなかった。けれど今の彼の言葉は明らかにおかしい。

――奴の顔など見たくもないなんて……今のルイなら言わないはず。十九年前にルイは俺と馨を蒼真に託した。蒼真自身や李一族にとって、どんなに危険な行為か知りながら……。

奇妙《きみょう》なことはそれだけではない。彼は蒼真のことには触れても馨のことには触れなかった。重たい話題に触れることを避《さ》けているというよりは、馨という存在を知らないかのようだ。

「紲、ようやくこの時が来た……お前に会って、お前を抱きたくて仕方がなかった」

紲は願望を籠《こ》めて、あえて「ルイ……」と呼んでみた。

彼の手が頬《ほお》に触れ、顔が近づく。確かにルイの顔、ルイの声だ。

女王が執着《しゅうちゃく》するのも頷ける美貌と、男の艶色《えんしょく》に満ちた低い声。シルクの白いシャツやオートクチュールの黒衣をさりげなく着こなす、特別上質な吸血鬼。真珠《しんじゅ》の如《ごと》き白い肌、漆黒《しっこく》の艶髪《つやがみ》、品のよい鼻梁《びりょう》と唇。美しい物だけで構成されたルイの姿に違いない。

そして紲が何よりも愛した香りがする。疑いなど忽《たちま》ち消え去ってしまいそうなほど魅惑的《みわくてき》な薔薇の香り……しかし冷静に考えてみれば、今現在この香りの持ち主は二人いるのだ。

女王に献上するために、ルイが人間の女との間に作った後継者──母乳代わりに毎日ルイの血と力を与えられ、貴族悪魔として覚醒《かくせい》した息子がいる。生後十八年程度で、彼はクローンのようにルイと同じ姿に育ち、見た目には三十歳前後になっているはずだ。女王の居城で女王の思うままに育てられた彼は、スーラ一族の歴代当主の誰よりも女王に忠実だと考えられる。

「──っ、ん……」

唇を塞《ふさ》がれた紲は、目を閉じることを恐れた。再会の喜びは冷え切ってしまったが、今でもまだ心は揺さぶられている。絶対にルイではないという確信はなく、この男がルイの息子だという証拠《しょうこ》もない。現に、彼は自分に対して好意を示してくれている。

──ルイだったらいい……そう思ってる……心から、そう願ってるけど……っ……！

冷たい舌が唇を割って侵入《しんにゅう》してきた瞬間、紲の胸に稲妻《いなずま》の衝撃《しょうげき》が走った。ルイの口づけは、優しい時もあれば激しい時もあり、必ずしもこうだという法則はないけれど、それでもわかる。

この唇や舌は、ルイの物ではない。何がどう違うのか、説明できない抵抗感が胸の奥で暴《あば》れだす。強《し》いて言うなら、違いは自分自身の反応だ。喜びが体の奥から湧《わ》いてこない。

「……ま、待って……っ、待ってくれ……」

紲は口づけから逃《のが》れ、彼の胸に触れた。押《お》し退《の》けて距離を取る。

焦《あせ》りと共に、バイクのエンジン音に近い音が体の中から響《ひび》いてきた。

間違いない――ルイの振りをしているこの男は偽物《にせもの》……瓜二《うりふた》つの別人だ。

類稀《たぐいまれ》な美声や香りも含《ふく》め、ルイのすべてを受け継いだ後継者――女王のことを、あの女とも女王とも呼ばず、敬意を籠めて陛下《へいか》と呼ぶ男――。

「……っ、ぅ」

「紲？　どうかしたのか？」

男の顔を見ながら、紲は無心で首を横に振る。

背筋《せすじ》が一気に寒くなる。震《ふる》えを抑《おさ》えるのがやっとだった。

ルイの名を騙《かた》り自分を連れ去ろうとしている以上、この男は敵と見做《みな》すべき相手だ。

気づいてしまったことを悟《さと》られてはならない。目的はまだわからないが、女王に忠実な男に心許せる道理がなかった。この先にいいことが待っているわけがない。何より、今現在ルイは囚われたままだと考えられる状況に、紲は途轍《とてつ》もない危機感を覚える。

――女王の目的はルイの姿形だけ……それが次代に完全に継承《けいしょう》された以上……もしかしたら、女王にとってルイは不要な存在かもしれない。俺の行動次第では、大変なことに……。

ルイがルイ個人として愛されていないとは思えない気持ちが紲にはあるが、女王の心は量れない。最悪の場合、不用品のように扱う可能性もあるのだ。決して油断はできない。

そんな紬の懸念《けねん》を余所《よそ》に、ルイと同じ顔をした男は、「ベッドに行くか?」と訊いてくる。蕩《とろ》けそうなほど甘い声だった。ソファーの上で再び抱かれる。抱擁《ほうよう》はとても優しい。

――ルイじゃ……ないんだ……まだ、帰ってきてないんだ……。

一度は舞い上がった紬の心は、完全には落ち切らずに宙《ちゅう》を彷徨《さまよ》う。

ルイと同じ声と香りに、くらりと眩暈《めまい》を覚えた。

全部、俺の勘違《かんちが》いだったらいいのに――そう思わずにはいられない。違和感《いわかん》は十九年ぶりに会ったせいで、彼が本物だったらどんなにいいか。今からでも遅くはない。ああやっぱりルイだったたと思わせて欲しい。これから先、皆で幸せに暮らせるように――。

「紬、ベッドに行こう。お前を完全に私の物にしたいのだ」

「……っ、あ……その前に……シャワーを浴びたいんだ。今夜お前が帰ってくるなんて夢にも思わなかったから、日中は土いじりもしたし、夏場だから汗も……」

目の前の男が何か言えば言うほど、違う――と痛感させられる。

希望的観測を吹き飛ばす勢いで、疑いが確信に変わっていった。

最早《もはや》夢見ることも祈ることもできず、紬の心は天国から地獄《じごく》へと突き落とされる。どうにか笑みを保つのがやっとだった。ほんの少しでも気を緩《ゆる》めたら涙が出そうだ。

「そうか……私はそのままでも構わないが、出発まで時間はある。好きにするといい」

「あ、ありがとう……じゃあ、バスルーム、使わせてもらう……」

彼はすぐに、「左手の寝室の奥だ」と言ってきた。

何が最善なのか、紲は慎重《しんちょう》に考えながら立ち上がる。

糠喜《ぬかよろこ》びの果てに何が待ち受けているのか、自分の言動次第で行き着く先は変わる気がした。

冷静に行動して、一挙手一投足《いっきょしゅいっとうそく》に注意しなければならない。

ここから逃げだして彼を怒らせるのは得策ではなく、とりあえずは時間の引き延ばしを図るしかないと思った。

――どうしたらいい……馨の存在を知られるわけにはいかないし、俺を殺すことが目的じゃないなら、このまま従ってイタリアに行ったほうがいいのか？　そうすればルイに……。

今度こそ会えるかもしれない。けれど自分が攫《さら》われれば馨は必ず動きだす。

禁忌の純血種が存在することが明るみに出た場合、教会は疎《おろ》か女王自身も馨を潰《つぶ》しにかかるだろう。それだけではなく、馨を育てた蒼真も、囚われのルイも危険に晒されてしまう。

――隙《すき》を見て馨に連絡したい。手を出さないよう言い聞かせて、俺はイタリアに……。

平常心を保とうとしても上手くいかず、紲は強張る体でリビングを後にする。

背中に視線を感じた。不審《ふしん》な動きをすれば、彼はルイの振りをするのをやめて正体を現わすかもしれない。それは自分にとって不都合な展開に思えた。

白い大理石の廊下《ろうか》は広く長く、まるで小さなトンネルのように見える。

上部はアーチ型になっており、天井と壁の境界《きょうかい》にある隙間から光が降り注《そそ》いでいた。電球は見えない構造だが、十分明るい。前衛的《ぜんえいてき》な絵画《かいが》やビタミンカラーの花々が飾られているため、油絵の匂いと花の香りがした。

左手にある寝室に目を向けた紺は、躊躇《ためら》いながらも足を進める。

床も大理石だったが、軽い滑《すべ》り止め加工が施《ほどこ》されていた。そのため少しざらつく床に、紺は靴底《くつぞこ》を擦《こす》りつけるように歩いていく。足取りはどうしても重くなった。できることなら部屋を飛びだして、エレベーターに乗り込みたい。

「！」

憂鬱《ゆううつ》な溜《た》め息《いき》をついた次の瞬間、紺は右手に急激な痛みを覚える。

寝室の手前で振り返ると、パーカーの袖《そで》に巻きついた赤い帯が目に飛び込んできた。

吸血鬼が放つ血の帯だ。それが廊下の先から伸びている。

「……っ！」

目線を向けた時にはもう、至近距離に彼が居た。

まるで瞬間移動さながらの速度で迫《せま》り、天井から降り注ぐ光を遮《さえぎ》っている。一九〇センチに迫る体躯《たいく》はただ立っているだけでも威圧感《いあつかん》があるが、紺はそれ以上のものを感じた。これまで見たことがない、ぞっとするほど冷たい微笑《びしょう》だ。優しいルイの仮面は、すでに剝《は》がれている。

「な、何を……？」

「私の嗅覚は調香師のお前には劣《おと》るかもしれないが、それでも洗い立ての肌や髪の匂いは十分感じられる。お前はすでに入浴を済ませているはずだ。なんのための時間稼《かせ》ぎだ？」

確信を以《もっ》て言い当てられた紺は、徐々に食い込んでいく血の帯に狼狽《うろた》えた。

左手で摑《つか》んだところで、それはびくともしない。

「や、やめ……っ、は……放せ……っ」

「気づくのが遅いから悪いのだ。愛があれば一目で気づきそうなものだが——」

男は笑う。またしてもルイとは違う表情だった。紺碧の瞳は貴族悪魔特有の紫色に変わっている。ルイと同じ姿というだけの、恐ろしい吸血鬼——。

「やめろ……っ、放せ！」

紲は叫《さけ》んで暴れ、縛《しば》られながらも逃げる体勢を取る。床を蹴《け》り、可能な限り男から離れようとした。しかし動かせるのは足ばかりで、形ばかり走っていても実際にはその場でばたついて終わっている。一歩進むことも儘ならず、体を揺さぶっても少しも自由にならない。

「この私から逃げられるとでも思っているのか？　貴族でも赤眼《あかめ》でもない、中途半端《ちゅうとはんぱ》なオッドアイの淫魔に何ができる？　李蒼真を呼びだしたところで意味はないぞ——奴は所詮獣人《しょせんじゅうじん》だ。吸血鬼には敵《かな》わない」

男は血の帯を締《し》め上《あ》げながら、嘲笑《ちょうしょう》を浮かべる。弱者の悪足掻《わるあが》きを愉《たの》しんでいる顔だ。

「お前は……ルイの息子なんだな？　ルイは今どこにいるんだ!?　どうして俺にこんなっ」

空《あ》いていた左手首も帯で捕らえられ、紲の焦燥《しょうそう》は極まる。

ルイの現状を問いながらも答えを聞くのが怖くて、頬にまで鳥肌《とりはだ》が立った。

「私の名はノア・マティス・ド・スーラ。父ルイ・エミリアン・ド・スーラからすべてを受《う》け継《つ》いだスーラ一族の正当な後継者にして、女王陛下の養子として王子の位《くらい》を賜《たまわ》っている。父が亡《な》くなった今、お前は私の物。お前を手に入れて初めて、私は父を超えることができるのだ」

「ルイが……死んだ？」

思いもよらぬ答えに硬直《こうちょく》する。

ただでさえ自由にならない体は、次の瞬間には片手でひょいっと抱え上げられていた。

「や、やめろ……！　下ろせ！」

紲は両手首を血の帯で纏《まと》められた状態で、ノアの肩に乗せられて運ばれる。

暴れても状況は変わらず、そのうえ紲にはどうしても、彼の体を本気で蹴ったり爪を立てて引《ひ》っ掻《か》いたりということができなかった。

目の前に広がった寝室は、リビング同様レザーの調度品が配され、キングサイズのベッドが中央に陣取《じんど》っている。シンプルな黒いアイアンの天蓋《てんがい》から、白いチュールが垂《た》らされていた。

「うあ……っ」

チュールに囲まれたベッドの上に投げだされた紲は、すぐに体勢を立て直す。

手錠《てじょう》のように硬い帯をなんとか外《はず》そうとして、左右の拳《こぶし》を八の字に捻《ひね》った。

そうしたところで手首が痛むばかりだったが、じっとしてはいられない。

──ルイが死んだなんて、そんなわけないのに……何を言ってるんだ？

紲は口を噤《つぐ》んで歯を食い縛ると、チュールの向こうに立つノアを睨《にら》み上げた。

視線とは裏腹に意識は別の所に向き、着ているパーカーのポケットに集中する。

あえて触らなくてもわかった。ルイから愛の誓いとして贈られた指輪が、ケースごと入っている。ルイの生存と、自分への変わらぬ愛を示す指輪だ。

「ルイは死んでなんかいない……っ、絶対に生きてる！」

ルイの血を固めて作ったルビー――彼が死亡した際や紲に対する愛が消えた時、石は溶けて蒸発《じょうはつ》する。数時間前、紲は確かに見たのだ。誓いの指輪に嵌《は》め込まれた石は、以前と変わらず輝いていた。

「思い込むのも信じるのも勝手だが、お前が父に会うことは二度とない。お前は私の番となり、ホーネット城で共に暮らすのだ」

「なんでそんな……っ！　どうして俺がルイの息子と番にならなきゃいけないんだ⁉」

ノアは軽く息を吹いて笑うと、左右均等《きんとう》に垂らされているチュールを手の甲で退ける。

ソフトフォーカスがかかって見えた顔が、再びくっきりと見えるようになった。

口角は上がり、獲物《えもの》を追い詰めて甚振《いたぶ》る捕食者の目が光っている。

「義母上から、お前を李の所から回収して番にしていいと言われている。結縁式の件も本当の話だ。私は義母上と同じホーネット城で暮らしているからな、万《まん》が一《いち》お前に性別転換の兆候《ちょうこう》が表れれば、すぐに処刑《しょけい》できるというわけだ」

ノアは上着を脱《ぬ》ぐなり、ベッドに膝《ひざ》を乗せてくる。

性的に求められていることを匂いで察しながらも、紲は彼の強い支配欲を感じ取った。

向けられる感情は決して好意ではない。ノアがルイに対抗心を燃やしていることや、歪《ゆが》んだ向上心に突き動かされているのは間違いなかった。

「……やめろ、それ以上近づくな！」

「お前は父にとって最愛の恋人だったが、共に過ごせたのはごくわずかな時間だけ。だが私は違う。お前の寿命《じゅみょう》が尽《つ》きるか性別転換が起きるまで――或《あ》るいは私が飽《あ》きるまで、お前と暮らすことができる。義母上と家臣《かしん》達に祝福《しゅくふく》されて盛大な結縁式を挙げ、誰からも認められるのだ。父が願っても叶《かな》えられなかったことを、私は容易《ようい》に成《な》し遂《と》げられる」

「やめろ……っ、俺をどうにかしたところで、お前がルイになれるわけじゃない！」

迫りくる手を前に、紲はベッドの上をじりじりと這《は》って逃げる。

手は自由にならなかったが、反対側から飛び下りようと思った。自分が先祖返りの淫魔だと知らなかった頃、他者から凌辱《りょうじょく》の限りを尽くされてきた紲にとって、ルイ以外から向けられる欲望は恐ろしい。

「父になりたいわけではない。父を超えたいのだ。『紲、服を脱いで私を受け入れろ』――」

「――っ、う……ぁ！」

ノアの威令を耳にした途端《とたん》、紲の体は強い魔力に囚われた。

操《あやつ》り人形《にんぎょう》にでもなったかのように、すべての関節を支配される。

貴族悪魔の威令を受けたら、下位の悪魔は逆らえない。意思とは関係なく操られてしまう。

「……い、嫌だ……っ……こんなこと、やめてくれ……お前が、ルイの息子なら……っ」

ベッドから飛び下りようとしていた体が、ぎこちなく動きだす。

手首の拘束が緩むと同時に、紲は両手でパーカーを摑んでしまった。それを脱ぎ捨てると、今度はカットソーを捲《まく》る。もたつきながらも上半身を露《あら》わにし、両手をベルトに向けた。

「嫌だ……っ、やめろ！　威令を解《と》け！」

　ノアを睨んで叫んだところで、手は一向に止まらない。カチャッ……と音を立て、ベルトの尾錠《びじょう》を外してしまった。

『どんなに魔力を使っても、本人が絶対に嫌だと思っていることはさせられない』

　勝《か》ち誇《ほこ》るノアの顔を見ながら、紲はルイの言葉を思いだす。

　二十年近く前、彼に威令をかけられて抱かれた時に、はっきりと言われたのだ。

　そして追い詰められた――あの時は実際にそうだった。口では嫌だと言いながらも、ルイと触れ合うことを求めていたから……本気で抵抗できなかった。飛び込む覚悟がなかっただけで、本当は誰よりも愛していた――。

「やめろ……っ、俺に……威令をかけるなっ‼」

　紲は全身全霊《ぜんしんぜんれい》の力を振り絞《しぼ》り、両手を自分の意思で動かす。威令から逃れるためには、まず心を強く持ち、魔力を高めればいい。そう判断して一気に変容《へんよう》した。左目は貴族悪魔の紫に、右目は使役悪魔の赤に。そしてズボンの中から黒い尾を出す。

「生意気《なまいき》な……淫魔に変容したところで、オッドアイごときが私の威令に抗《あらが》える道理がない。紲、もう一度命じる。『服を脱ぎ、私を受け入れろ！』――」

「く……う、う……っ！　やめろ……っ！」

　びりびりと痺《しび》れる魔力の波動に、紲の体は再び囚われそうになる。逆らうのは難しく、骨や筋肉が軋《きし》んで痛かった。拘束されていない両手は、まるで怪力《かいりき》で引っ張られているかのように勝手に動く。それでも紲は威令に逆らい、自分を信じて抗い続けた。いくら同じ姿でも、この男はルイではない。犯《おか》されるのも自ら受け入れるのも絶対に嫌だった。

「無駄《むだ》な抵抗はやめろ。お前はもう私の物だ！」

苛立《いらだ》ちを見せたノアは、馬乗りになって紲の衣服を引っ摑む。

真っ白なチュールを背景に、激昂《げっこう》した顔が見えた。ズボンも下着も脱がされてしまう。

全裸《ぜんら》の紲の両肩はハードジェルタイプのマットに縫《ぬ》い止められ、爪《つめ》を立てて押さえこまれた。

「身の程を弁《わきま》えるまで何度でも命じる。『私を受け入れ、私だけの物になれ！』――」

「いっ、嫌だ……っ、俺は……お前なんかの物じゃない!!」

繰り返される威令に屈《くっ》することなく、紲は渾身《こんしん》の力を籠めて拳を握り締める。

少しでも気を抜いたら威令に支配されてしまいそうな手を、力任せに振り上げた。

するとようやく、鬩《せめ》ぎ合っていた力の均衡《きんこう》が崩《くず》れる。強烈《きょうれつ》な重力から解放され、左手が宙を駆けた。ヒュッと音まで聞こえてくる。

「――ッ、ウ……ァ、ア……ッ！」

「！」

威令から抜けた――そう認識すると同時に、紲はノアの悲痛な声を聞く。

彼の顔に拳がぶつかった衝撃があった。左手の中指に嵌《は》めていた指輪の辺りが、ずきずきと痛む。蒼真の番であることを示す、黄金の指輪だ。

「……あ……っ」

ぽた……ぽた……と、裸《はだか》の下腹を冷たい水滴《すいてき》が打つ。

鮮血《せんけつ》の色が目に焼きつき、薔薇の香る血の匂いが立ち上った。

「……ッ……ウ、ゥ……！」

間違いなく自分が彼を傷つけたのだ。指輪と拳で、白い皮膚《ひふ》の下の肉まで抉《えぐ》ってしまった。

「よくも……っ、よくも私の顔に傷を……っ！　許さん、よくもこの顔にっ！」

顔を押さえながらわなわなと震えたノアは、狂気的《きょうきてき》な怒号《どごう》を上げた。

ルイと同じ顔を傷つけてしまった――驚愕《きょうがく》のあまり惑乱《わくらん》した紲の目に、振り上げられる拳が映る。大きな手で作られる、硬く白い拳だ。それが目にも止まらぬ速さで空を切る。

「――っ！」

拳で顔を殴《なぐ》られ、あまりの衝撃に悲鳴も出なかった。紲の腰から上は一瞬浮いて、ベッドの際《きわ》へと流される。直角に近いほど体が曲がったが、ノアの膝で押さえつけられていた下半身は動かなかった。腰が不自然に曲がり、咳《せき》が止まらなくなる。目を開けてなどいられないのに、再びノアが手を上げるのがわかった。注がれる怒気《どき》や殺気《さっき》を感じ取る。

「たかが淫魔の分際で……っ、よくも私の顔に傷を……っ！」

「くっ……あああっ……っ、ぅ……ぐ……！」

髪を引っ摑まれ、元の位置に戻されてから殴られた。

またしても腰から上が流される。ベッドの際から、頭部だけががくりと落ちた。

自分の頭がやけに重く、必然的に伸ばされた首が苦しくなる。

「……うっ、ぅ……！」

喉笛《のどぶえ》を晒していることが酷《ひど》く恐ろしかった。咬《か》みつかれる恐怖で余計に息が苦しくなる。

ゼィゼィ、ゲホゲホと血混じりの咳《せき》にむせ返りながら、紲はひたすら空気を求めた。

ところが呼吸した途端にまた殴られ、痛みと眩暈で何も考えられなくなる。

「ぐっ、は……あ……っ、ぁ……！」

ノアの怒りは治まらず、再び髪を摑まれた。ベッドの中央に強引に戻され、仰向《あおむ》けの状態で無理やり脚を広げられる。下着を引き千切《ひちぎ》られても足首を摑まれても、今度こそ抵抗できない。

「んっ、う……うっ、ぐ……」

「——ッ、ン……」

突然キスをされ、口内の血を啜《すす》られる。朦朧《もうろう》とした頭がルイの唇や舌を思いだしていた。

こんなふうに冷たくて、目で見る以上に肉感的な唇が好きだった。十九年も会っていない、最愛の恋人——離れるくらいなら一緒に死んでしまいたいくらい愛していた。身籠《みご》ったことがわかった後も、しばらくはその考えを捨てられなくて——。

「ふ……っ、う……っ」

違う、この男はルイじゃない……どんなに似ていても別人。——そう思うだけで涙が溢れる。

全部が全部悪い夢で、目が覚めたら一年後だったらいいのに。ルイが帰ってきて、馨がいて蒼真がいて、残る百年の人生を穏《おだ》やかに過ごせたら——。

「……嫌だ、もう……やめろ……っ」

紲はノアの口づけから逃げ、ベッドの上で必死に身じろぐ。

あんなにも燃え上がっていた怒気は消えたらしく、彼は口端に笑みすら浮かべていた。頰の傷が完治して冷静になったのだろう。肌には血が付着していたが、傷そのものは消えていた。

「紲、『人間に戻れ』——」

ノアは顔の血を拭《ぬぐ》いながら、新しい威令をかけてくる。

その途端、紲の体はいとも簡単に従ってしまった。黒く細長い尾が体の中に消え、目の色は亜麻色《あまいろ》に戻る。口内では、悪魔化していた時の体液と、人間時の体液が混ざり合った。

「う……っ、ん……ふ……っ」

仰向けに組み敷かれてキスをされ、唾液《だえき》と血を吸《す》い上《あ》げられる。

傷ついた粘膜《ねんまく》を、舌先で何度も突かれた。そうして啜られる紲の血液がノアの養分に変わり、薔薇の香りが高まっていく。

——ルイ……ッ……！

天鵞絨《ビロード》の手触りを持つ真紅《しんく》の花弁《かべん》が、朝露《あさつゆ》を受けてゆっくりと開くイメージだった。

華やかで美しい大輪の薔薇の中に、ルイの姿が見えてくる。ノアには真似《まね》できない……愛と幸福に満ちた笑みを浮かべていた。一点の曇《くも》りもない想いが、その瞳の中にある。

「ん……っ、う……」

全裸の体を這うのは、懐かしいルイの手……本当はノアの手だとわかっているのに、錯覚がやまない。同じ大きさ、同じ質感、我を忘れることができたら、途方もなく幸せな感触だ。

これを失って生きてこられたのは、馨や蒼真がいたから。そして再びルイに会えると信じていたから――。でも今は悲しい。同じ手なのにルイの手ではないことが、悲しくて堪《たま》らない。

「人間に戻ったお前の血は美味《うま》い……父は幾度《いくど》となくこの血を吸ったのだろう？　愚《おろ》かなほど愛に溺《おぼ》れ、お前のためにすべてを捨てた。お前の存在があったからこそ私は生まれ……そして、お前に父の愛を奪《うば》われた――」

「ぐ、っ……う……」

首筋《くびすじ》を指で強く押さえられ、紲はくぐもった呻《うめ》きを上げる。

その気になれば紲の首など一瞬で折れるであろうノアの手は、頸動脈《けいどうみゃく》を圧迫しながら滑《すべ》っていった。最後はうなじに触れ、後頭部を支えながらキスをしてくる。

「ふ……ん……う……っ」

ノアの気持ちも目的も紲にはわからなかったが、ルイに対する複雑な想いは感じられた。

父親の愛情を奪った相手を憎《にく》んで殺すのではなく、番うことで父親を超えようと考えているなら、自分はその想いに縋《すが》るより他に生きる手立てはないのかもしれない。

「ん、う……っ！」

開かれた脚の間に手を入れられ、後孔を探られた。威令は解けているのに逃げられず、秘めた所をやんわりと撫でられる。淫魔の体は、生きるために精液を取り込みやすく出来ており、人間に戻ってもその特性は抜けなかった。男に触れられれば後孔が反応してしまう。紲の意に反して火照《ほて》り、窄《すぼ》まりが緩んで淫蜜《いんみつ》が溢れだした。

「まるで性器のようだな、淫魔の体は面白い」

つぷりと指が入ってきて、紲は体の裏切りを知る。難なく指を迎え入れる自分の体が嫌で、唇を嚙みながら顔を左右に振った。枕《まくら》のほうに腰を引き、指から逃げようとする。

「う……っ、く……」

ハードジェルのマットに敷かれたシルクの上を、ノアは紲と同じように進んだ。体内の指が抜かれることはなく、紲の後頭部がヘッドボードに触れた瞬間、ずぶりと奥まで入ってくる。

「い……ぁ、あ……っ！」

歯列で押さえていた唇を、つい解放してしまった。同時に嬌声《きょうせい》が漏《も》れて、吐息《といき》が甘くなる。

ぐちゅぐちゅと音を立てる後孔が疼《うず》いて、体の奥が熱を帯びるのがわかった。

もっと、指を奥まで入れて欲しい。もっと激しく動かして欲しい。

著大《ちょだい》な昂《たかぶ》りで滅茶苦茶《めちゃくちゃ》に突いて、濃厚な精液を奥深くに——。

どんなに浅ましいと思っても、本能的な願望が止まらない。ルイじゃないと言い聞かせても無駄《むだ》だった。体は理性とは無関係に、この薔薇の香りに欲情する。細胞《さいぼう》に刻《きざ》まれた愛の記憶に溺れ、芯《しん》から解けていった。

「父上も憐《あわ》れだな、尻軽な淫魔に夢中になって……」

「——っ、ち……違う……！」

「何が違うのだ？　お前のここは素直に濡《ぬ》れているぞ……ほら、こうすると肉が蠢《うごめ》いて……」

「んぅ、う……っ！」

「私の指を……奥へ奥へと誘い込むのがわかるだろう？　お前はやはり……ベッドでしか役に立たない下級淫魔だ。男の精を求めているだけで、相手が父上である必要はない」

違う、違う！　俺はそんなんじゃない、ルイじゃなきゃ駄目《だめ》なんだ――頭では声を嗄《か》らして反論していた。それなのに、指で突かれた所から蜜が溢れてしまう。

ノアの手で押さえつけられるまでもなく、筋肉が弛緩《しかん》して離れた膝を閉じられなかった。

勝手に雄の部分が反《そ》り返《かえ》り、蜜を垂らして臍《へそ》を濡《ぬ》らす。感じているのを認めたくないのに、否定できない証拠が次々と溢れだした。

「なんていやらしい光景だ。後ろにしか触れていないのに、こんなに勃《た》てて……臍に溜まった蜜が溢れているぞ。擽《くすぐ》ったいだろう？」

「う、ぅ……っ」

ノアの指で臍を弄《まさぐ》られながら、体内をずくずくと突かれる。

中の指は徐々に増やされ、すでに三本になっていた。さらにもう一本挿入《そうにゅう》しようとしている気配を察し、紲は激しく抵抗する。ノアとの闘《たたか》いというよりは、自分との闘いだった。淫魔の本能を抑え込んで、貞操《ていそう》を守らなければならない。

「私の可愛い淫魔……父上が夢中になったその体で、生涯《しょうがい》私に仕えるがいい。お前のここ……なかなか気に入ったぞ。熱くて柔らかくて、よく濡れながら締めつける。繋がったら、嘸《さぞ》かし具合がよさそうだ」

ノアは紲の胸元を押さえつけながら身を滑らせ、下腹部に唇を這わせた。

紲自身が零した蜜が溜まっていた臍に、尖《とが》らせた舌を突き入れる。

同時に体内の指を曲げ、内壁を三本の指でばらばらに擦った。

「や、やめ……っ、あぁぁ……っ！」

紲が暴れても、肩を引っ掻いてもノアは微動《びどう》だにしない。多少傷つけられたところですぐに元に戻る体であることを再認識した彼は、あくまでも冷静だった。

「あ……あぁ……っ、う……！」

ノアの唇が昂りの先端《せんたん》に向かっていくのがわかり、紲はぎゅっと目を瞑《つむ》る。

尖らせた舌で過敏《かびん》な所をちろちろと舐《な》められ、溢れるとろみを唇で吸い上げられた。

硬い肉笠の先に開いた小さな孔を、舌先で念入りに穿《ほじく》られる。嫌だと思っても体はいちいち反応し、膝や爪先が小刻みに震えてしまった。

「──っ、う……」

せめて声だけは抑えようと、ぐっと息を詰める。顔を横向け、枕を噛んで耐《た》えた。

言うことを聞かない体が憎らしく、淫魔であることに甘える気さえ起きない。こんな最低な姿をルイに見られたらと思うと、悔しくて恥ずかしくて居た堪れなかった。

「フフフッ……こんなに吸いついて……お前のいやらしいここは指では足らんようだ。父上に愛されたこの坩堝《るつぼ》に、私を迎え入れるがいい。父上と寸分違《たが》わぬ肉体を味わわせてやる」

「──っ！」

ノアが脚衣に手をかけた——その時だった。

枕を噛んで息を殺していた紲は、思わぬ視線を感じ取る。

一瞬にして身が強張り、肌が総毛立《そうけだ》った。性的な興奮《こうふん》も忽ち冷《さ》め切《き》る不快感《ふかいかん》に襲《おそ》われる。

ざらついた氷《こおり》の舌で全身を舐められるようなおぞましさ……強大な捕食者に睨まれながら、皮膚の下まで覗《のぞ》かれる感覚——。

——千里眼《せんりがん》……っ、ぁ……馨……!?

オッドアイ以上の悪魔なら、誰もが知っている視線だった。

かつては女王から、今は息子の馨から向けられている。純血種だけが持ち得る千里眼による視線——探索や監視《かんし》、牽制《けんせい》のために使われる能力だ。

「……っ、義母上……!?」

わずかに遅れて、視線を感じ取ったノアが顔を上げる。明らかに狼狽えていた。

純血種がこの世に二人存在することを知らない彼は、当然のように女王の視線だと判断している。紲にしても女王と馨の千里眼の差を判別できるわけではないが、ノアよりも先に自分を捉《とら》えていたことからして、この視線は間違いなく馨のものだと断定できた。女王ならまず先にノアを探して彼を見つめ、それから自分に視線を移すはずだ。

——俺がルイの息子に襲われているとわかったら、馨はここに……っ……！

紲は馨の視線を感じることで焦り、咄嗟《とっさ》に身を乗りだした。禁忌の純血種である馨の存在を隠さなくてはならない——その一心でノアに口づける。

「……ゥ！」

彼は抵抗を見せたが、紲は唇を塞《ふさ》ぐなり顔を斜《なな》めに向けて、自ら舌を突き入れた。千里眼を使って見ている馨に、ノアをルイだと思わせなければならない。そうすれば馨は助けにこないはずだ。再会した両親が甘い一夜を過ごしているように見せかけなくては――。

「は……ん、ふ……」

紲はノアのうなじに手を添えて、強引に舌を絡ませる。

しかし彼が乗ってくることはなかった。激しく抗いはしないまでも、舌や上体は引き気味になっている。ノアは育ての母親に情事を覗かれていると思っているのだから、嫌がるのも当然だった。親子の立場は逆だが、その感覚は紲も同じなのでよくわかる。相手が誰であれ、本来なら息子に濡れ場など見せたくない。

――視線が、消えた……？

紲は千里眼の気配が完全に消えるまで口づけを続け、消えたのを見計らって顔を引く。うなじに触れていた手も離し、長かったキスに息を乱した。

元々離れたがっていたノアの体は、ベッドの際まで後退する。

お互いに動揺していて、心拍数《しんぱくすう》も呼吸数も上がっていた。しかしどちらかと言えば紲よりもノアのほうが余裕をなくしており、彼は自分でもそれに気づいてばつの悪い顔をする。

「……っ、いったい……どういうつもりだ！　義母上に見せつけたかったのかっ⁉　義母上は私にお前を御下賜くださったが、男同士が交わることを好ましく思ってはいない。むしろ酷く毛嫌いしておられるのに、よくも不興を買うような真似を……この恥知らずがっ‼」

「――っ」

馨の助けを拒《こば》んだ以上、これから自分はどうなるのか――不安に駆られていた紲は、予想を超えるノアの憤激《ふんげき》に絶句《ぜっく》する。

さらに意味不明な言葉を……それも聞き取れないほど荒々《あらあら》しいフランス語で怒鳴り散らしたノアは、いきなりベッドから飛び下りた。この部屋に居るのも耐え難《たがた》い様子で入口に向かう。

しかしそれだけでは済まなかった。

紲を拘束しなければならないことを思いだしたノアは、苛立《いらだ》った様子で振り返る。

自分の左手首を右手の指先でスッと撫で、そこから血の帯を形成した。

帯状になった血液は流れ落ちることなく宙を舞い、紲の両手首まで伸びる。左右別々に縛るように絡んで、末端《まったん》はベッドの柱《はしら》にぐるりと巻きついた。

「う……っ」

「まったく……っ、なんということだ、思いだすのも忌々《いまいま》しい！　これだから淫魔は……っ」

「……っ、淫魔淫魔って……それしか言えないのか？　俺は女王にルイを奪われたんだから、あれくらい見せつけたくなるのも当然だろ？　女王が可愛がってるお前を奪ってやりたいっ！

そう思ったんだ！」

紲はあえて挑発的《ちょうはつてき》な言葉を吐きながら、これでいい、これでいいんだと思っていた。ノアを怒らせてしまったが、馨の存在を知られずに済ますことができた。今はそれだけでいい――。

「よくも、よくもそのような戯言《ざれごと》を……っ！」

烈火《れっか》の如く怒り狂《くる》ったノアは、再びベッドに上がってきた。

右拳を振り上げる様が、スローモーションのように見て取れる。

紲の体は、背中を枕に埋める形で固定されていた。両手は左右に広げられている。

逃げようがなく、また殴られるのを覚悟した。それでも不敵な視線でノアを睨み上げる。

殴られてもいい、痛みなどなんでもないから……純血種がもう一人いることに気づかないで欲しい——。

「お前は……そういう目で……っ、その体で父を誘惑《ゆうわく》したのだな⁉　貴族が背負う孤独《こどく》の隙を突いて、まんまと取り入ったのだだ！」

何かがぷつりと切れてしまったかのように、ノアは怒号を上げる。

振り上げられたままの拳が、小刻みに震えていた。

「……ノア……ッ」

「気安く呼ぶな！　お前は浅ましい体で高潔《こうけつ》なる吸血鬼を籠絡《ろうらく》した！　スーラ一族の名を貶《おとし》め、父の人生も命も奪ったのだ！　お前さえいなければ……父の運命は狂わなかったはずだ！」

「！」

殴られた認識は、少し遅れてやった来た。口の中に溢れる血で喉が詰まり、悲鳴が出ない。

苦しい、痛い……それしか考えられなくなった紲の意識は、急速に遠退《とおの》いていった——。

2

どれくらい時間が経ったのか——高層階の窓から見える空は、未《いま》だに暗いままだった。

紲は半乾《はんかわ》きの血の匂いで目を覚ます。真新しい物ではなく、気を失う前に流した自分の血だ。両手が血の帯で縛られているので、ノアが眠っていないことや、さほど離れていない場所に居るのは間違いない。

顔を左右に向けて状況を把握《はあく》しようとすると、頬骨《ほおぼね》がじくじくと疼いた。おそらく最後の一撃で亀裂《きれつ》が入ってしまったのだろう。自然再生する時特有の疼きだった。人間の養分を摂《と》っていないので治りが遅いが、放っておけばそのうち元に戻る。

「……っ、ぅ……ぁ……」

痛みをきっかけに幻覚《げんかく》が見え、ぞくっと鳥肌が立った。見えたのは、馬乗りになって拳を振り上げるルイの姿だ。無論すぐにノアとして知覚し直すが、恐ろしいことに変わりはなかった。

——ルイと同じ姿……見た目は三十近くでも、ノアはまだ十七、八のはずだ。肉体と精神のバランスが取れてない感じがする。父親に対する想いも、俺に対する感情も不安定で……。

血塗られた生乾《なまかわ》きのリネンの上で、紲は少しずつ上体を起こす。

全裸の体は剝《む》きだしのままだったが、性的な暴行を受けた形跡はなかった。

床に落ちているパーカーはポケットの部分が指輪ケースの形に膨《ふく》らんでいて、誓いの指輪が無事なのがわかる。ほっと一息ついた紲は、殴りかかられた時のことを忘れるよう、意識して深呼吸した。幸い人間ではないので、手足をもがれるなどの著《いちじる》しい欠損《けっそん》でなければ元に戻る。

むしろあとあとまで残るのは心の傷のほうだ。

凌辱されなかっただけましだと思い、紲は気持ちや頭の中を整理した。

薔薇の香りを高めていたことや肉体の変化からして、ノアは馨の千里眼に捉《とら》えられるまでは欲情していた。にもかかわらず、育ての母に見られたと誤解するなり気が変わって、挙《あ》げ句《く》の果てに癇癪《かんしゃく》を起こした。かつてのルイとは違う、愛のない暴力。とても不安定で未熟《みじゅく》に思える。

──俺が……ルイの人生や命を奪ったとか言ってた。ルイが生きてることを知らないのか？

それとも生きてるのは承知のうえで、寿命を縮める結果になったことを指してるのか？

ホーネット城でルイとノアがいつ頃まで接触し、どのような親子関係を築いてきたのか……紲には想像しようがないが、少なくともノアが貴族として覚醒するまでは毎日会っていたはずだ。逆に言えば、継承後は接する必要がなくなる。二人が最後に会ったのは三年くらい前で、その後は女王の策略《さくりゃく》で引き離されていた可能性もあるのだ。

──ルイ……お前は死んだことにされてるのか？　そんな状態で、今どんな日々を過ごしてるんだ？　ひもじい思いはしてないか？　惨《みじ》めな思いは……。

ルイの人生を狂わせたと詰《なじ》られても、紲の心は揺れなかった。

ただただ心配で、胸が潰れそうになるだけだ。

ルイはきっと、「私の人生は狂ったのではなく、正常になったのだ」と言うだろう。

第三者が狂ったと表現するそれは、ルイ自身が望んだ変化と解放であって、紬が悔やむことなどルイは決して望まない。そう信じているから、心折られることなく真っ直ぐでいられる。

——ルイ……。

紬は身動きが取れない状態のまま、硝子《ガラス》の向こうの空を見つめた。白み始めてはいないが、夜明けはそう遠くない気がする。もし馨がルイを出迎えるつもりでこのホテルに来るとしても、緊急性《きんきゅうせい》がない以上、軽井沢を出るのは夜が明けてからになるだろう。

到着する頃には、自分はもう日本を発《た》っているかもしれない。

むしろそうでないと困るのだ。ノアをルイと間違えてしまった過失のせいで、息子の存在が明るみに出るようなことがあってはならない。馨は確かに強いが、まだ高校生だ。

——早くても一年後のはずだった……でも、結局はもう……今動くしかないのかもしれない。女王がルイを死んだことにして俺をノアの番にする気なら、約束は反故《ほご》にされたことになる。俺がイタリアに行ったところで、なんの解決にもならない……。

「——っ……？」

静かな寝室に独りでいた紬は、不意に聞こえてきた物音に反応する。

寝室のドアは開いており、その先にあるのは居室と見紛《みまが》うほど広々とした廊下《ろうか》だ。どうやら玄関ホールで誰かが呻いていているようだった。

「お前は何者だ……っ！」

続いてノアの声が聞こえてくる。

ルイと同じ声でありながら、紲が耳にしたことのない響き、怯《ひる》んでいる印象だ。足音も聞き取れたが、ノアは後退しているようだった。使役悪魔達の呻き声が足音と重なっている。

誰か来たのは疑いようがなかった。ノアが恐れるほどの誰かが――。

――まさか……馨？　そう……だ、魔力を感じない……こんなの、馨しか……っ！

紲はシーツの上で腕を揺さぶり、血の帯の形が崩れ始めていることに気づく。ノアの意識が他に向いている証拠だった。馨は自分自身を常に結界《けっかい》で覆《おお》っているため、同じ純血種であっても女王のように強大な力を放ってはいない。魔力を感じさせず、それでいて人間ではない男の姿は、あらゆる魔族の目に未知の生命体として映るはずだ。

――馨っ、どうして馨が……！

手首の帯が気化して消えた途端、紲は転がるようにベッドから飛び下りた。床のパーカーを引っ摑んでポケットごと指輪ケースを握り、大急ぎでズボンを穿《は》いて寝室を飛びだす。

アーチ天井の下の廊下に、ノアの背中が見えた。やはりじりじりと後退している。

玄関ホールから奥に向かってくるのは間違いなく馨だ。

ルイや蒼真と同じくらいの体格に育った馨は、やはりほぼ同じ体格のノアと対峙《たいじ》している。

亜麻色の髪、東洋人の肌、暗紫色《あんししょく》の瞳――ピアスやタトゥーによって派手になってはいるが、それでも紲によく似た青年だ。十八歳の彼は、ノアとは違って年相応に見える。ジーンズにTシャツというラフな恰好だったが、その顔は自信に満ち溢れていた。この世の生物で、自分の

敵になり得る存在は女王唯《ただ》一人と心得ている馨は、力を封じていても圧倒的なオーラを放っている。ノアは未知の生物に怯んだだけではなく、馨の威圧感そのものに気圧《けお》されていた。

「おい、なんだよ血だらけじゃん。お前、俺の母親に何してくれたわけ？」

間にノアを挟む形で紲の姿を見た馨は、片眉《かたまゆ》を吊《つ》り上げて怒りを露《あら》わにする。

その瞬間、ノアはさらに一歩後ろに退いた。最早それは反射的なもので、ノアの生存本能が馨の存在を恐れている。体勢的には攻撃の構えを取っていたが、血の蝙蝠《こうもり》や帯を飛ばそうにも飛ばせない様子だった。

「母親とは……っ、どういう意味だ？　お前……まさか、純血種……っ⁉」

「そのまさかなんだよね。どっかのバアサンと違って俺はツメ隠して生きてんの。お前は俺の弟ってこと？　その顔で紲をイジメてんじゃねぇよ。それと、見苦しくビビんなっ」

「馨！」

紲が叫ぶより先に、馨は指先から血を放つ。

漏れる魔力はほんのわずか——あくまでも自身には結界を張り続けたまま、体内の血液を触《しょく》手《しゅ》に変える。帯とは違う太い軟体《なんたい》の触手は、ノアの体を瞬《また》く間に絡め取った。

「う……っ、く！」

馨の速度について行けなかったノアの指からは、蝙蝠になりかけた血の塊《かたまり》がボタボタと滴《したた》り落ちる。攻撃として使うこともないまま、無駄な血を流して終わった。

そして紲の目に留まらぬ速さで、ノアの体が消える。止める間などあるはずもなかった。

「グアァァ——ッ!!」

絶叫《ぜっきょう》を耳にした時には馨が触手を振った後で——真紅の繭《まゆ》のように囚われていたノアの体が壁に衝突《しょうとつ》していた。全身の骨が砕《くだ》け、肉が裂ける音がする。血が噴《ふ》き飛び、白い壁から垂れた血液が床に広がっていった。

「——っ、ぐは……っ、ぁ……ぐ……あぁ……っ！」

「馨っ、やめろ！　もう放してやってくれ！」

紲は声を上げるなり走りだし、ノアの許《もと》に駆け寄る。

床に這っている姿も、口や頭から血を流す姿も見ていられなかった。ルイと同じ姿のノアを、これ以上攻撃して欲しくない。馨にとって生まれて初めて目にする父親の姿が、こんなふうであって欲しくなった。嫌で嫌で耐えられず、紲はノアの体に絡む触手を掴む。本来はびくともしないはずのそれは、馨の意思によって瞬く間に気化した。

「紲、わかってんだろ？　そいつ偽者《にせもの》。寿命千年以上余裕であるし」

「わかってる……っ、わかってるけど、こんな酷《ひど》いことしないでくれ！」

「酷いことされたのはどっちだよ。どんだけボコられたわけ？」

馨は忌々しげに舌打ちするものの、紲に言われた通り攻撃をやめる。

血を吐くノアの背中を摩《さす》った紲は、「大丈夫かっ⁉」と声をかけた。

いくら敵でも、ルイに生き写しの彼を憎めるわけがない。まして弱っていれば、心は大きく揺さぶられてしまう。どうしたってルイと重なって見えた。

「……っ、触るな！　この逆賊《ぎゃくぞく》が……っ！」

「うあ――っ!!」

膝《ひざ》を立て直したノアに殴られ、紬の体は吹っ飛ばされる。

仰《の》け反《ぞ》った体勢で頭から宙を駆け、壁に衝突する寸前、馨に抱き留められた。

「紬っ！」

振動と音が伝わり、クッションになってくれた馨の背中が壁に打ちつけられたのがわかる。

しかしダメージを受けたのは馨ではなく、大理石の壁のほうだった。

衝突前に結界を硬質化させた馨の体はダイヤモンド並の硬度を誇《ほこ》り、壁には亀裂が走る。

粉状の石がパラパラと音を立てて落ちていった。

「テメエッ、紬に手ぇ上げてんじゃねぇ！」

馨の怒鳴り声が響いた時にはもう、床に下ろされていた。

立ち暗みに襲われた紬は、壁に手をつきながら「やめろ！」と叫ぶ。

しかし間に合わなかった。馨はノアの襟元《えりもと》を掴み、すでに殴り始めていた。

長身の体を高々と持ち上げ、顔ばかり殴る。紬がもう一度「やめろっ！」と叫んでも執拗《しつよう》に拳を振るい続け、最後は意識を失ったノアの体を床目掛けて叩き落とした。

「グ、ア……ゥ――ッ……!!」

「――っ、か……おる……っ」

断末魔《だんまつま》の悲鳴のような声が、一瞬聞こえた後に静まり返る。

血溜まりに沈《しず》んで意識を失ったノアと、その姿を冷酷《れいこく》な目で見下ろしている馨の姿に、紲は言葉を失った。こんな馨は見たことがなくて、何を考えているのか理解できない。多少素行《そこう》の悪いところはあっても自分にとっては優しい息子で、馨は父親に対する敬愛の念も持っていた。それなのに、父親そっくりの異母弟に必要以上の暴力を振るった。それも圧倒的な力の差があることをわかり切ったうえでの仕打ちだ。

「馨……」

ノアに殴られた顔よりも胸が痛くて、紲はその場に座り込む。

ひんやりと冷たい壁に身を寄せ、鼓動と共に持ち上がる胸を押さえた。まるで死体のようなノアの姿を見るだけで、吐き気が込み上げてくる。

――ルイ……ッ、お前は……本当に生きてるのか……？

紲は床に落としていた指輪ケースに向かって手を伸ばし、半ば這うように飛びついた。

ルイの生存を今すぐ確かめたくて、革製のケースを開ける。中には硝子の箱が収まっており、その中央には指輪を嵌めるための円錐《えんすい》のスティックが立っていた。

魔族《まぞく》を束《たば》ねる宗教会《しゅうきょうかい》、ホーネット教会の紋章《もんしょう》である大雀蜂《オオスズメバチ》と十字架《じゅうじか》が刻まれた金の指輪に、ルイの血の石が嵌まっている。液化することも気化することもなく、生き生きと輝いていた。

――生きてる……今も、ちゃんと生きてる……！

誓いの指輪をケースごと胸に抱くと、涙が溢れてくる。嗚咽《おえつ》を堪《こら》えるのがやっとだった。

ぐいぐいと涙を拭くと馨が傍《そば》にやって来て、唇を歪《ゆが》めながら何か言いたそうな顔をする。

馨が何故ここまでしたのか今の紲にはわからなかったが、後で落ち着いて考えれば必ず理解できる気がした。余程の理由がなければこんな酷いことをする子ではないと、紲は馨を信じている。だから今は、馨が差し伸べてきた手を黙って取った。

「俺は空飛んできたけど、蒼真は車で来るから少し待ってて。とりあえずアイツを縛り上げておく。顔はもう平気？」

馨の手で引っ張り上げるように立たされた紲は、頬を軽く撫でられる。

痛みは少なからず残っていたが、「大丈夫だ」と頷いて馨の指先を握った。

「――っ、どうして……俺と一緒にいるのがルイじゃないって、どうしてわかったんだ？」

「そんなのすぐわかるに決まってんだろ。二人とも全然嬉しそうじゃなかったし、それに俺の視線を感じたら中断するだろ？　紲は淫魔だけど、そういうとこ慎《つつ》ましいじゃん」

呆《あき》れたように溜め息をついた馨は、瞬きをした後には不機嫌な顔になっていた。血で汚れた紲を見ながら、「俺の正体を隠すために危険なことするとか、ほんと、マジでやめて」と吐き捨てる。眉間《みけん》を寄せて明後日《あさって》の方向を見たかと思うと、鬱陶《うっとう》しげに髪を掻き上げた。

「いくつになっても親にとって子供は子供だってことくらいちゃんとわかってるし、紲が俺を普通の人間として育てたがってるのもわかってる。けど俺は人間じゃないし、俺の強さは紲のためのもんだろ？　こういう時に頼らないでどうすんだよ」

「馨……」

目を合わせては言わない馨に、紲はどうにか「ありがとう」とだけ返した。

尋常ならざる力を持つ馨は、自分は父親から母親を任されているると考えているようで、時折本当に頼もしく見える。けれど馨に息子としての想いがあるように、紲には親としての想いがある。たとえどんなに強い息子でも、生死を懸けた戦いに引きずり込みたくはなかった。


空が白み始める頃になると、蒼真が眷属を伴《ともな》って到着した。

馨の力なら蒼真を抱えて飛ぶこともできなくはないが、短距離ならともかく長距離を高速で飛ぶのは危険過ぎるため、蒼真は人間として車でやって来た。

——蒼真……っ！

プレジデンシャルスイートの一室で休んでいた紲は、彼の魔力を感じるなり部屋を飛びだす。使っていたのは玄関ホール脇《わき》のＳＰ用ルームだったので、蒼真一行がエレベーターを降りた時点でドアを開け、出迎えることができた。

近頃は金髪にしたり黒髪にしたりと気まぐれに髪色を変えている蒼真だったが、今は目立つことを避けるために黒髪にしていた。どこかから不法侵入した馨とは違い、一流ホテルを客として訪れるのに相応《ふさわ》しい恰好をしている。上質なダークスーツを着て眼鏡《めがね》をかけ、洗脳状態にあるノアの眷属に案内されながら廊下を歩いてきた。

「紲、大丈夫か？」

「蒼真……悪かった。俺がルイの息子をルイと間違えて、こんなことになって……」

「いいって、そんなのが来るなんて想定してなかった。変なことされなかったか?」

フロアの共用廊下に出た紲は、蒼真に背中を抱かれて部屋に戻される。

彼の視線は意外なほど柔らかく、紲が無事だったことに心から安堵《あんど》している様子が窺えた。

心配をかけたことを改めて反省した紲は、「ごめん、俺はもう平気だから……」と返し、あえて背筋を伸ばす。

蒼真が連れてきたのは男の使役悪魔二名で、いずれも軽井沢に住む顔見知りだった。彼らは紲に一礼してから部屋に入り、蒼真と共に惨状《さんじょう》の名残《なごり》を目にする。

玄関とリビング、そして寝室を繋いでいる幅広い廊下に、馨の威令を受けたノアの眷属達が膝をついて後始末をしていた。使役悪魔だけではなく、虜も一緒になって血を拭き取っている。

「本当にルイと同じ匂いだな」

血の痕は消されているものの、紲も蒼真もむせ返るような薔薇の香りを感じ取る。

彼らの間を縫って奥の寝室に行くと、馨の血の帯で手足を縛られたうえに猿轡《さるぐつわ》を嚙まされたノアが、ベッドの上に横たわっていた。意識はなく、息苦しそうに呼吸する音が漏れ聞こえる。

太く赤い帯が口角や頰に食い込んでいる様は、酷く痛々しかった。

「馨……っ!」

「おい、お前何やってんだ。ここまですることないだろ」

蒼真は紲が思ったことと同じことを口にして、寝室のソファーに座る馨の前に歩み寄る。

それに応じて立ち上がった馨は、心外と言わんばかりの顔をした。

「これくらいやって当然だろ。俺がコイツの眷属に威令をかけて大人しくさせても、コイツが威令をかけ直したら新しいのが有効になるんだぜ。意識取り戻して『紲を殺せ』とか『本部に連絡しろ』とか命じたらどうすんだよ。俺、なんか間違ってる？」

蒼真に対して一歩も引かない馨を、蒼真は何も言わずにじっと見据《みす》える。

紲は馨の正論に何も言い返せなかったが、彼は違う理由で沈黙《ちんもく》しているようだった。

蒼真はしばらくしてからベッドに向かい、ぐったりと横たわるノアの額に触れる。血や汗で張りついていた前髪を梳《す》くようにして整え、きつい猿轡を指でなぞった。

「俺が見張るからもう少し緩めてやってくれ。ルイの……いや、ルイじゃないけど、こんな姿お前だって見たくないだろ？」

「そんなの当たり前だろっ、だから許せねぇんだよ！　蒼真はコイツが俺に何を見せたか知らないから甘いこと言えんだよ」

「何を見せられたんだ？」

「紲を殴ってブッ飛ばすとこ。最悪だろ？　胸糞《むなくそ》悪くてしょうがねぇよ！」

蒼真の言葉で一気に感情を昂らせた馨は、忌々しげに舌を打ってベッドに近づく。

不本意と顔に書いたような表情だったが、それでも猿轡に触れた。

見るからに硬かったそれは、忽ち柔軟性《じゅうなんせい》を帯びる。鉄がビニールテープに変わったくらいの変化が起き、ノアの口角や頬への食い込みは緩くなった。苦しげだった呼吸音が少し和《やわ》らぐ。

「紲、コイツの名前は？　どういう目的か聞いたか？」

「ノア……ノア・マティス・ド・スーラって言ってた。朝になったら教会の専用機で俺を城に連れて行く気だったんだ。番にして結縁式を挙げるって……女王が、それを許したって……」

紲が蒼真の問いに答えると、彼は馨と一緒になって眉を吊り上げる。

蒼真の場合はノアよりも女王に対して憤《いきどお》っているのかもしれないが、表情は同じだった。

「ルイが生きてるのにそれはおかしい。継承が終わると原則としてすべて次代に受け継がれるけど、妻や番、先代が作った虜の所有権は先代のものだ。そもそも紲は今のところ俺の番だし、スーラ一族の新当主が手を出すのは掟違反《おきて》だ。結局……十九年前の約束は破られたと判断していいってことだな」

「ノアはルイのことを死んだと思ってるみたいで……でもそれはもしかしたら、嘘《うそ》をついてただけかもしれない。ノアは女王の養子で、ホーネットの王子の位を与えられてるって言ってた。ルイを超えるためには、ルイの番を手に入れないといけないとかって……」

紲の言葉にまたしても表情を曇《くも》らせた蒼真は、聞こえるほど大きな溜め息をつく。

うんざりした様子で馨と目を見合わせ、紲には入り込めない独特な空気を漂《ただよ》わせた。

伯父《おじ》と甥《おい》であり、混血種の貴族と純血種である二人が、言葉にせずに互いの気持ちを酌《く》んでいるのがわかる。傍に立っているだけで、肌がひりつくような空気だった。

「どうやら魔女退治が必要みたいだ。お前に王になってもらうしかないな」

「いまさらだろ？　俺はずっとそのつもりだったたし。蒼真がそういうふうに育てたんじゃん」

「──っ」

重要なことが決定される瞬間を前にして、紲は息を殺して立ち竦《すく》む。

この先に待ち受ける出来事を心底怖いと思った。どう考えても穏便《おんびん》にはいかないだろう。

運命は自分が望んだ方向には流れず、教会は完全に敵になってしまった。十九年前の約束は、間違いなく反故にされたのだ。

――クーデターを起こすのが、唯一の……。

囚われたうえに死んだことにされているルイを、必ず救いだしたいと思った。

そして、馨や李一族が逆賊とならずに生きていける世界を作らなければならない。

そのためにはホーネット教会を手に入れるしかないのだ。

女王を倒して馨が王になること、それだけが幸福に繋がる唯一の道。封じ込めた憎悪《ぞうお》を呼び覚まし、綺麗事《きれいごと》では済まない現実を見つめて心を鬼《おに》にしなければ、すべてを失うことになってしまう。

「これ以上考えられないくらい最高の人質《ひとじち》が手に入ったな。継承が終わった今、女王にとってノアはこの世でもっとも大切な存在のはずだ。ノアと引き換えにまずはルイを解放させるのが先か……それとも専用機に乗り込んで一気に奇襲《きしゅう》をかけるべきか――」

「ルイを解放してもらってくれ！　ルイが無事に戻るまでは、この子は絶対帰さないっ」

紲は蒼真に向かって強く訴え、無心でノアの体にしがみつく。奇襲などかけてもしもルイを殺されたらと思うと、冷たい体に触れた手がぶるぶると震えだした。

3

時間は遡《さかのぼ》り、北イタリアの空に陽が昇る。

ホーネット城に囚われているルイは、苛立ちながら牢内《ろうない》を徘徊《はいかい》していた。

鉄格子《てつごうし》の向こうには女王の居室があるが、今は見張りが一人居るだけで、女王の姿はない。

日光は一切届かず、主照明が落とされた室内は薄暗かった。

女王の就寝中、ルイを見張るのは新貴族一人と、その使役悪魔二人が基本だ。

血族の貴族同士が一緒に居ても性別転換は起きないため、ホーネット城には多くの新貴族が暮らしているが、ルイが女王の直系である彼らと長期間一緒に居ると、どちらかに性別転換が起きてしまう。それを避けるために、見張りの新貴族は一週間交代になっていた。

「ルイ様、お休みにならないと後がつらくありませんか?」

今夜、鉄格子の向こうに居るのはエルヴェという名の新貴族だ。

本来は共に見張りをさせるはずの使役悪魔を隣室に下がらせ、たった一人でここに居る。

彼が見張りを務める時、見張り用の椅子は通常よりも牢に寄せられていた。

「嫌な予感がして堪らない。そんな時に眠れると思うか?」

「それでも今はお休みにならないと……」

心配そうに語りかけてくるエルヴェは、プラチナブロンドのロングヘアが印象的な美青年だ。人間としてはスイス人だが、日本人の紳と変わらないくらいの体格で、どこか可愛らしい。

「いったいノアはどこへ行ったのだ？　いつもの外遊《がいゆう》とは思えない、異常な胸騒《むなさわ》ぎがする」

「殿下《でんか》のことは……陛下がお目覚めになってからもう一度お尋ねになっては如何《いかが》ですか？　気まぐれなところのある御方ですから、一日経てば気が変わっているかもしれません」

エルヴェの言葉や視線に応じ、ルイは足を止めて鉄格子に寄る。

すると彼は椅子から立ち上がって、手が届きそうなほど近くまでやって来た。

まるで眩《まぶ》しいものでも見るような目をしながら、「ルイ様……」と言って見つめてくる。

吸血鬼が本来就寝する時間に起きていなければならない見張り役は、新貴族にしてみれば面倒な役回りで、大抵がルイに対して不満をぶつけた。わざと大声で話されたり、格子を叩いて金属音を立てられたり、嫌がらせで就寝の邪魔をされることが日常的になっている。

新貴族は女王の息子や孫が大半を占めているうえ、ルイはかつて彼らを返《かえ》り討《う》ちにしたので無理もない話だが、とはいえ全員がルイを目の敵《かたき》にしているわけではなかった。自分の意思で同情する者もいれば、ルイに好意を抱く者もいる。そういった一部の新貴族は、かつて女王の愛人として高い地位にあったルイに、昔と変わらない接しかたをしていた。

「エルヴェ、ノアの行先について本当は知っているのだろう？」

「いいえ、私は何も……」

ルイは女王と入れ替わりにエルヴェが来てから、何度か同じことを訊いている。

女王から自我を抑え込まれているルイにとって、話し相手になってくれる彼は貴重な存在で、新聞だけではわからない外の様子や、会話を許されていないノアの動向を知るのに役立っていた。しかし今は「知りません」の一点張りだ。質問の仕方を変えても躱《かわ》されてしまう。だからこそ余計に疑わしかった。

――ノアが外遊で不在にすることは何度もあったが、こんなに胸騒ぎがしたのは初めてだ。紲の身に何か、悪いことが起きる気がしてならない……。

もしかしたら……まさか、よもや――と、頭を過《よぎ》る光景を打ち払い、ルイは格子の向こうに手を伸ばす。辛《かろ》うじて手の届く位置に立っていたエルヴェの肩に触れ、そのまま指先を頬まで流した。こんな手段は本意ではなかったが、彼の好意や情に訴えるしかない。「知りません」と答える度に瞳を揺らすエルヴェは、おそらく何かを知っているはずだ。

「ルイ様……？」

「お前まで私に嘘《うそ》をつくのかと思うと、とても悲しくなる」

「……っ」

「この城に閉じ込められて十九年、半年に一度お前がここに来てくれるのが待ち遠しくて……たとえ一週間だけでも、お前と過ごせる時間が私にとってどれほど価値のあるものだったか、お前はわかっていないのだろう」

「――っ、そんなこと……わかるはずがありません。貴方《あなた》は東洋の下級淫魔に夢中で……っ、以前は私にもつれない態度を取っていらしたじゃありませんかっ」

エルヴェはルイの手から逃れるように顔を背《そむ》けたが、足を引きはしなかった。

再び触れるのは容易なことで、ルイは彼の頬を愛《いと》しげに撫でる。白く冷たい肌を指で何度も辿《たど》りながら、眉をきつく寄せた。

「エルヴェ……それはお前が貴族だからだ……そうするしかなかった。お前ほど美しく高貴な吸血鬼をまともに相手にしていたら、欲望を抑え切れなくなるだろう？　私が掟《おきて》を破《やぶ》って手を出せば、お前は禁断の女貴族に変化し、見せしめに殺されてしまう。お前が魅力的《みりょくてき》だからこそ、避ける必要があったのだ」

「ルイ様……っ、嘘を仰《おっしゃ》らないでください。本当はオッドアイの淫魔に夢中なのでしょう？　今だって、淫魔の身を案じて苛々していらしたじゃありませんかっ」

エルヴェは怒ったように顔を顰《しか》めたが、今度はルイの手から逃げなかった。

それどころかわずかに足を進め、肩が鉄格子に当たるほど近づいてくる。恨《うら》みがましい目で睨み上げてくる顔は、ほんのりと赤みを帯びていた。

「お前は大きな勘違いをしている。私が心配しているのは、淫魔ではなくノアの身だ」

「……っ、え？」

「お前もよく知っている通り、私は番を巡って豹族の李蒼真と対立している。あまり大きな声では言えないが、奴はスーラ一族の主が持つ、ある弱点を知っているのだ。ノアがもし万が一、蒼真の前に姿を現わすようなことがあれば……あの子の身が危ない」

「まさか、そんな……っ、古代種の吸血鬼が獣人に負けることなどあり得ません」

「あり得るから私は何度も敗北《はいぼく》を喫《きっ》し、奴に番を奪われたのだ。私が長年執着《しゅうちゃく》していたのは、奴との勝負に勝って名門吸血鬼一族の面子《メンツ》を守ることであって、淫魔そのものじゃない」

ルイはエルヴェの頬を撫でながら、親指を彼の唇に当てる。

ふっくらとした下唇は容易に捲《めく》れ、上目遣いの瞳は躊躇いに揺れた。

あと一押しで思い通りに操れる気がしたが、いざとなると胸の奥で次の言葉が閊《つか》えて出てこない。嘘で固めて蒼真を持ち上げるのも、自分を貶めるのもなんでもないが、紲への愛を否定するのはつらかった。

「ルイ様……っ、本当に？」

念を押すまでもなくエルヴェは目を輝かせ、鉄格子《てつごうし》に向かって身を乗りだしてくる。

口づけができるほど顔を寄せてきたかと思うと、袖《そで》を握って引っ張る仕草を見せた。自信があるらしい美貌を、これでもかとばかりに見せつけながら誘惑《ゆうわく》を仕掛けてくる。

「エルヴェ……お前に血族の恋人がいると知った時、残念に思った気持ちは本物だ。もし私の体にお前と同じ血が流れていたら、毎晩お前に愛の言葉を囁《ささや》いていたかもしれない。いや……そんなことを考えるのは私の思い上がりだな……お前がガエルと通じ合うことで幸福になれたなら、私は祝福すべきだ」

「っ、違うんです……それは違います！　ガエルは……っ、兄は恋人なんかじゃありません！　いつも力が強いから逆らえないだけで、私は一度だって心を許したことはないんです！　……無理やりで……ルイ様が血族だったらどんなにいいかと、私は……っ」

弁解しながら縋ってくるエルヴェに、ルイは唇を与えなかった。

触れそうで触れない距離を置き、潤《うる》んだ瞳を真っ直ぐに見つめる。

想い人が手に入らない切なさや、他の男に対する嫉妬《しっと》を演じるのは簡単だった。

そんな想いは気が狂いそうなほどしてきたのだから——刻み込まれた感情を、記憶の中から引きだせばいいだけだ。

「エルヴェ、ノアは日本に……蒼真の所に行ったのだな？　私にとってあの子は大切な跡取り息子だ。頼むから本当のことを教えてくれ」

エルヴェの唇や顎《あご》を撫で続けたルイは、彼がごくりと喉を鳴らす様を瞬きもせずに観察していた。答えが得られなくても、反応で真実はわかるはずだ。

「……はい……殿下は、日本に……オッドアイの淫魔を迎えに行きました。陛下の許しを得て李蒼真から淫魔を譲り受け、この城で結縁式を挙げる予定だと聞いています」

ルイの思い通りに陥落《かんらく》したエルヴェは、褒美《ほうび》を強請《ねだ》るかのように物欲しげな目をする。

これまで隠していた情欲を解放し、指を握って関節や甲に唇を押し当ててきた。完全に舞い上がっているようで、頬はますます赤くなり、アイスブルーの瞳は紫に変わる。

——女王が……紲を、ノアの番に？

予感が思わぬ事態に繋がっていたことを知ったルイは、エルヴェとは正反対に血色を失った。

真相にある程度迫ってはいたものの、今耳にした話は予測を超えている。

ルイはノアと言葉を交わすことを禁じられていたが、ノアと女王の会話を小耳に挟む機会はあった。ノアが紲に興味を持っていることを、薄々《うすうす》感じてはいたのだ。しかし女王が同性愛を毛嫌いしていることもあり、ノアに紲を与えるとは夢にも思わなかった。

――むしろ、遠ざけるとばかり……。

「……！」

格子の向こうのエルヴェからキスを迫られていたルイは、突如《とつじょ》強い魔力を感じて顔を上げる。同時にエルヴェも身を強張らせた。

ルイとは違って顔を動かすことも振り返ることもできない様子で、ルイの手を強く握り締めながら戦慄《わなな》く。何が近づいているのか、ルイもエルヴェも明確にわかっていた。

「……あ……ぁ、陛下……っ、母上……お許しを……っ！」

エルヴェは肩を竦め、鉄格子に身を寄せたまま叫んだ。

それでも振り返ることはなく、摑んでいたルイの手に額を寄せる。

まるで神に祈るような姿勢だった。

女王が来る――すぐそこに、扉一枚挟んだ隣室まで来ている。

肌でそう感じた通り、続き間の扉が開いて女王が姿を見せた。

左右にはエルヴェの使役悪魔を従えている。

ルイの本能は危険を察し、反射的に魔力を高めようとした。しかしここは女王の結界の中で、ただ変容することしかできない。エルヴェもまた、恐怖に震えるばかりだった。

「――ッ……」

氷の彫像さながらに整った女王の美貌は、もしも触れようものなら凍傷《とうしょう》を起こしそうな鋭《するど》い冷気を感じさせる。無表情でありながらも、ぞっとするような怒りを湛《たた》えていた。

怒気が魔力に姿を変え、女王の長い黒髪を揺らめかす。薄い紫色のシルクの化粧着やナイトドレスの裾《すそ》も、重力を無視して靡《なび》いていた。

凍《こご》える静寂《せいじゃく》が二つの部屋を行き交う。

黙って目を剝《む》いたルイの瞳の中で、女王はゆっくりと動きだした。隣室の際に立ったまま、右手を胸の位置まで上げる。人差し指を伸ばし、親指を立て、銃《じゅう》を示す形を取った。

「エルヴェは何もしていない！　私が……っ」

ルイが声を張り上げた刹那《せつな》、女王の指先から血の弾丸《だんがん》が放たれる。

軌道《きどう》を認識した時にはもう、衝撃が体に伝わっていた。エルヴェの顔、そして体が鉄格子に叩きつけられる。

「エルヴェッ‼」

血の弾丸はエルヴェの体を貫通《かんつう》せず、ルイは手を握られた状態のまま叫んだ。

小さな弾《たま》で背中を一発撃《う》たれただけで、致命傷ではない。いくら女王が残忍とはいえ、このくらいのことで実子を殺したりはしないのだ。

よかった――そう判断して幾分《いくぶん》安堵したルイの視線の先で、女王が再び右手を上げる。

化粧をしていなくても赤みの強い唇が、今にも開こうとしていた。

「……っ、やめろ！」

一度は安堵したルイだったが、感じた殺気にすぐさま制止の言葉を口にする。

しかし間に合わなかった。否、辛うじて間に合ってはいたが、意味がなかった。

女王は制止を聞き入れず、抑揚《よくよう》のない声で「死ね」と言い放つ。同時に、右手の指先を軽く弾《はじ》いた。この場に相応しくないくらい小気味よい音がする。

「ひっ、ぎゃあああぁ――っ‼」

「エルヴェ……ッ！」

耳を劈《つんざ》く絶叫と共に、ルイは信じ難い光景を目にした。

エルヴェの胸が内側から破裂《はれつ》したのだ。まるで手榴弾《しゅりゅうだん》を呑《の》み込んだかのように、衣服も皮も骨も破って血肉が飛びだしてくる。

繋がった手に、夥《おびただ》しい血の雨が降り注いだ。絶望が視界を染め、死の気配が迫ってくる。

それでも手は握られたままだった。鮮血で濡れた首の上には涙する顔があり、長いプラチナブロンドが揺れている。

「エルヴェ……しっかりしろ！　私の血を飲め！」

「……あ、ぁ……ルイ様……キス、を……」

ルイは人間の姿に戻り、手首を彼の唇に運んだ。すでに悪魔化していたエルヴェに血を与えようとする。生命力の強い貴族悪魔である以上、助かる見込みはあった。元通りの体に戻れる可能性はゼロではない。

エルヴェの歯列に脈《みゃく》を押し当てると、一縷《いちる》の希望が見えた気がした。

ところがエルヴェは牙《きば》を伸ばさず、首を横に振る。そしてもう一度同じ願いを口にした。

切実な目をして、「キスを……」と乞《こ》い願い、紫色の瞳から落涙する。

「──ッ！」

頭で考えるより先に体が動いて、ルイはこめかみを鉄格子に当てた。

可能な限り顔を近づけ、乞われるままにキスをする。ぬるりと滑る唇は冷たく、それでいて柔らかい。匂い立つ血の芳しさに胸を締めつけられた。

──っ……心音が消えた……。

死が訪れる瞬間まで唇を重ねていたルイは、ずしりと重くなったエルヴェの体を支えながら顔を引く。

──エルヴェ……。

死に触れることも殺すことも慣れていて、人間のように優しくはないつもりだった。

紲と我が子以外に、愛する者も心動かされるものもない。それでも今は、エルヴェの亡骸《なきがら》を床に下ろす気にはなれなかった。

「スーラ、其方《そなた》がエルヴェを殺したのだ。憐れだとは思わぬか？」

「……ッ！」

睨み上げたその先で、女王は笑う。

新貴族を何かと優遇《ゆうぐう》し、本来は絶対禁忌であるはずの貴族間同性愛を、血族間に限って黙認していることからして、母親としての情を少しは持ち合わせていると考えていたルイは、買い被りだったことを知る。我が子を殺《あや》めたにもかかわらず、女王はどこか愉しそうだった。

「其方が淫魔に懸想《けそう》しなければ、失われずに済んだ命がいくつもあった。其方が求める愛は、多くの犠牲《ぎせい》の上に成り立っているのだ。屍《しかばね》を乗り越えて男と乳繰《ちち》り合う不毛さに……気づけぬ其方が何より憐れで愛《いと》しくなる」

「──っ」

自分のせいで他人が傷つくことを恐れた紲の気持ちが、今のルイには痛いほどわかる。

しかしその痛みに打ちひしがれるわけにはいかなかった。それでは女王の思う壺《つぼ》だ。

秘匿《ひとく》すべき情報を漏らしたからといって殺す必要などなかったのに、女王はあえて我が子を一人犠牲にした。そうまでして他人の心を傷つけようとする嗜虐性《しぎゃくせい》が、ルイにはまったく理解できない。狂っているとしか思えない魔女の所業に、憤怒《ふんど》が弥増《いやま》すばかりだった。

「何故ノアを日本に？　紲には手を出さない約束のはずです！」

「我《われ》が手を下したわけではない。ノアがどうしても欲しいと言うからくれてやったまでのこと。あの淫魔とて、ノアが相手ならば不足はあるまい」

「ふざけたことを……っ、同じ姿ならそれでいいというものではありません！　そんなことは、誰に言われるまでもなく貴女が一番よくわかっているはずだ！　祖父や父や……私を侍《はべ》らせて満足でしたか⁉　心が満たされた時がありましたかっ⁉」

「黙れ！　口が過ぎるぞスーラ」

笑っていた女王は苛烈《かれつ》な怒りを露わにし、ルイが放つ怒気に真っ向から対峙する。

ルイもまた、怯むことなく憎悪の念を燃やし続けた。

間にエルヴェの亡骸を挟みながら、積もり積もった恨みを瞳に籠める。

あと一年で紬に会って自由になれると信じていた時とは、何もかもが違って見えた。

「心とやらが満たされているかどうか、それについて答えてやろう。可愛い王子を得て、我の心はかつてなく満たされている。それ故《ゆえ》に、ノアをスーラとして扱う気が失せてしまった」

「……っ」

「其方の寿命は残り百年まで減少したが、とりあえずはそれでよい。寿命が尽きる瞬間まで、その美しさで我の目を愉しませ、その美声で我の耳を潤わすのだ。スーラ、其方が我に尽くす限り、淫魔の命は保障しよう」

「私を……このまま、ここに……？」

「残り百年、大人しく仕えるならば十年に一度くらいは会わせてやるぞ。ノアの番にな――」

ルイは息を詰まらせ、声を呑む。頭の中ですら言葉が出てこなかった。

代わりに騒ぐのは血液だ。心音と共に激しい音を立て、全身に怒りを行き渡らせる。

自分を形成するすべてのものが、どす黒い感情に侵蝕《しんしょく》された。十九年前に封じた殺意が、今再び解き放たれ、女王が放つ血の弾丸のようにルイの中で破裂する。殺したい、寸刻《すんきざ》みにして殺したい――この魔女の死の先にしか、未来はない――。

どれほどの時間が経ったのか、気づいた時には何もなくなっていた。

目の前にあったはずの憎い女の姿も、エルヴェの亡骸もない。

黒薔薇の残り香と血臭の中で、ルイは床に座り込んでいた。

いつエルヴェの体から手を引いたのか、いつ女王が立ち去ったのか、いつ座り込んだのか、何も覚えていない。いちいち辿って思いだす気力もなく、冷たい床や格子の温度を移し切った体を持て余した。あれほど怒り狂ったはずなのに、今はまるで空っぽだ。

「……っ、う……」

自分がどうなってしまったのかよくわからず、ルイはふらりと立ち上がる。

薄暗い牢の中にある姿見に目が留まった。

反対側に置いてあるスタンドの灯りが反射して、やけに輝いていたからだ。

ここに居る自分を直視したくない今のルイには、外の世界に続く夢と魔法の扉に見えた。

——私は……死ぬまで……永遠に、ここに……？

絶望の沼から這いだすように歩いて行くと、壁にかけられた姿見に手が届く。たなごころも指の腹も、ぴたりと当たった。童話や映画のように鏡《かがみ》をすり抜けたり、鏡の表面が波打ったりという奇跡は起きず、酷く落胆《らくたん》してしまう。たったひとつの願い事すらも叶《かな》わない。甘い夢は遙《はる》か彼方に逃げるばかりだ。

——この顔でなければ……っ、こんな姿にならなければ……！

思いだすのは金の髪、翡翠《ひすい》の瞳——母親から、天使のようだと謳《うた》われた少年の姿。

毎夜与えられる血と力を糧《かて》に変化し、父親の姿を継承したからこそ今生きている。元の姿のまま育っていたら、使役本能に支配された無感情な個体として終わっていた。紲が好む香りを身につけることもなく、それ以前に紲と出会うこともなく寿命が来ていたのは間違いない。

この姿あっての自分。スーラ一族の当主になったからこそ心を持ち、愛に触れることができたのだ。それはわかっている。わかっているけれど、今はこの顔が憎い――。

「――ッ、ゥ！」

ルイは拳を振り上げ、鏡に向かって叩きつける。蜘蛛《くも》の巣《す》に似た亀裂が入り、無数の破片《はへん》が滑るように落ちた。床の上で硬質な音を立て、次々と砕け散る。

自分の顔が壊れるような光景を睨み据えながら、ルイは金の枠《わく》に留まる破片に触れた。すぐに指が切れたが、構わずにそれを剝がして握り締める。掌《てのひら》の皮膚が裂け、血が滲んだ。

ナイフの切っ先のような尖端《せんたん》に、女王が執着する顔が映っている。息子を作り同じ姿を継承させてもなお、自分をここに縛りつける顔。紲との愛を引き裂く顔――。

「……う……っ、ぐああ……っぁ……！」

ルイは鏡の破片を顔に向け、額から頰まで斜めに切る。

そしてもう一度、今度は頰から顎《あご》まで深々と刺《さ》して傷をつけた。

激痛のあまり眩暈がして、頭がおかしくなりそうだった。

或いはもう、自分はおかしくなっているのかもしれない。

「――っ、は……ぅ、う……く……っ」

ルイは破片を握ったまま牢の中を歩き、ベッドに近づく。

顔から噴きだす血が、衝立《ついたて》にかけていたガウンを真っ赤に染めた。

視界が赤くぼやけていたが、衝立を摑んで力いっぱい倒す。どうか……どうかこの先に紲が居ますように。幻《まぼろし》でもいいから、お願いだから――ひたすらそう祈りながら、恐る恐る視線をベッドに向ける。すると、今度は夢が叶った。望んだ通りの姿が目に飛び込んできたのだ。

「紲……っ」

薄明りの中に紲が居る。

別れた夜と同じ花火柄の浴衣《ゆかた》姿で、ベッドを床几《しょうぎ》のようにして座っていた。

白い踝《くるぶし》や、草履《ぞうり》までくっきりと見える。そして紲の膝の上には、小さな男の子が乗っていた。

紲と同じ亜麻色の髪を持ち、紲によく似ている。けれど目の色は女王と同じ暗紫色だった。

三つ四つに見える子供は紲と揃《そろ》いの浴衣姿で、不思議そうな顔をして自分を見てくる。

そして少し恥ずかしげに肩を竦《すく》め、紲のほうを振り向いた。

紲は子供の髪を撫でながら、『お父さんだよ』と言って笑う。

子供は、『お父さん？』と鸚鵡《おうむ》返《がえ》しにして、やはり照れながら笑いかけてきた。

とても元気そうで、可愛らしい男の子だ。

「紲……よく、頑張ってくれたな……」

ルイは紲の腹の子が男児だったのか女児だったのか、果たして無事に産まれてきたのか、今どうしているのか、何も知ることができなかった。

もし本当に男児が産まれていたとしても、もう十八になっているのはわかっている。けれど今は、幼い我が子と幸せそうな紲の姿を見ていたかった。取り返しのつかない時間を十九年分巻き戻して、こんなふうに一緒に過ごせていたら――。

『ルイ……』

せっかく笑っていたのに、紲は目が合うなり悲しそうな顔をする。

聞こえてくる声も悲しそうだった。耳の奥に響いて、感情が木霊《こだま》する。

紲は子供を抱きかかえたまま、おもむろに手を伸ばして指先に触れてきた。

鏡の破片を握っていた指を一本一本開かれたルイは、痛みに顔を歪ませる。肉に食い込んでいた破片を落としそうになった。

『こんな馬鹿なこと、しちゃ駄目だ。お前が痛いと……俺も痛い』

「紲……」

『この子と一緒に……お前を待ってるから、泣かないでくれ――』

床に落ちた破片が大きな音を立てた瞬間、紲と息子の姿は消えてしまう。

それでも、指先や手の甲に温かい感触が残っていた。紲の気配も、まだ残っている。

血を滴らせる顔に触れると、痛みや疼きが消えているのがわかった。涙が傷に沁《し》みることもない。肌は滑らかに戻っていて、血涙《けつるい》が滔々《とうとう》と流れるばかりだった。

4

鹿島の森の奥深く、フェンスで囲まれた広大な敷地の北側に地下牢がある。

牢として使うことは滅多《めった》にないので、紬は階段を下りて一番手前にある牢を園芸用品の倉庫代わりに使っていた。そうでもしないと地下牢の存在を忘れてしまい、ただでさえ老朽化《ろうきゅうか》している牢のメンテナンスまで忘れかねないからだ。

東京から軽井沢に戻ってくると、先に来ていた蒼真の眷属が園芸用品を余所に移しており、牢内の清掃も終わって風通しも済んでいた。

この地下牢が本来の用途で使用されるのは、約二十年ぶりだ。最後に使われたのは、蒼真がルイの使役悪魔を捕らえた時だった。あの時も標的は紬で、今回も同じだ。捕らえられたのはノアの使役悪魔が六名、虜が四名、そしてノア本人――。

屋敷を囲む敷地全体には蒼真の結界、地下牢には馨の結界が張られているため、二人に許された者でなければ出入りできない。馨の結界は特に堅牢《けんろう》なもので、通り抜けは蒼真と紬だけに許されていた。混血悪魔としては格の高い古代種であるノアも、馨の結界の中では魔力を抑制される。どんなに足掻いても逃げだすのは不可能だった。

「――っ、は……ぁ、あ……っ」

地下牢から少し離れた燃料小屋の中で、紲は自らを慰《なぐさ》める。

木の床の上に広げたシーツに包まり、腹這いになって後孔を弄《まさぐ》った。

陽が高く昇っているため室内は明るく、避暑地《ひしょち》とは思えないほど蒸《む》し暑《あつ》い。

焼却炉《しょうきゃくろ》の脇にあるこの小屋は、嗅覚の鋭《するど》い紲にとって長居したい場所ではなかったが、今は特別だった。

傷害事件として通報されないよう、ホテルから証拠隠滅《いんめつ》のために買い上げてきた血の染みたシーツやバスタオル、さらにはテッシュやトイレットペーパーまで、血液の拭き取りに使ったすべての物がここに集められている。ビニールコーティングされた紙袋が十袋以上も並べられ、そこからノアの血が芬々《ふんぷん》と匂い立っていた。

「……ん、う……っ……ルイ……ッ」

紲は淫魔に変容した姿で全裸になり、生乾きのシーツに体を擦りつける。

自分の血とノアの血が染み込んだシーツは、ルイと過ごした濃密《のうみつ》な日々を蘇《よみがえ》らせてくれた。

「は……っ、は……ぁ……あぁ……」

絶頂が迫っているのを感じたが、薔薇の香りに酔《よ》うあまり人間に戻ることができない。

淫魔のまま射精すると蒼真の代用食が取れず、精液が無駄になるのはわかっていた。

それでも今は本能に任せて、ルイの幻影《げんえい》と睦《むつ》み合《あ》っていたい――。

「ルイ……ッ、ん……っ、うぁ……！」

紲はシーツの赤い部分に鼻を寄せ、血の匂いを五臓六腑《ごぞうろっぷ》に染み渡らせる。

そして腰を高く持ち上げた。淫液《いんえき》に塗《まみ》れた後孔に、四本もの指を挿入する。左右の指を二本ずつ挿《い》れて、内壁を掻き混ぜた。腰から伸ばした尾は腹側に向け、いきり立った雄をミチッと縛る。根元から括《くび》れまで緩急《かんきゅう》をつけて締めては、軟化させた尖端を精管に忍《しの》ばせた。

「んう……っ、あ……ぁ！」

尾はひやりと冷たくて、ルイの指先を思いださせてくれる。

後ろから脚の間に手を回され、精を搾《しぼ》るように弄られるのが好きだった。そうしながら蜜を滴らせる後孔を硬い物で貫《つらぬ》かれ、特に感じる所に肉笠を擦りつけられる。あの悦《よろこ》びが忘れられない。挿入時には冷たいこともあるルイの欲望は、肉洞の中で滾《たぎ》るのが常だった。紲の体温を移し取り、最後は摩擦《まさつ》で紲よりも熱くなる。

「……ルイ、ルイ……ッ、ん、ふあ……っ！」

紲は背後に感じるルイに向かって、一層《いっそう》強く腰を押しつける。

ゆさゆさと体を前後させながら、四本の指をこれ以上ないほど深くまで挿入した。

胸の突起《とっき》がシーツで擦れ、ひりつく痛みを覚える。それすらも、ルイに与えられたものだと思うと快感だった。「あ……ふぁ……っ」と声を上げ、陶然《とうぜん》としながら尾を緩めた瞬間、勢いよく射精してしまう。

雨傘《あまがさ》で大粒《おおつぶ》の雨を受けるような音がして、床から浮いていたシーツがぺしゃりと凹《へこ》んだ。

血液と精液の匂いが混ざり合う。息が上がり、汗《あせ》が滴り落ちた。

正午の陽射しに焼かれる屋根から、太陽熱が伝わってくる。

吸血鬼の冷温の薔薇が、今は灼熱《しゃくねつ》に燃えていた。

そこに蜜林檎の匂いが絡んで、えも言われぬ香りになる。

人間なら数秒で狂ってしまうほどの淫毒《いんどく》に、今は自分が毒されていた。

「……ん……っ、んぅ……」

紲はまた最初から、乳首を弄り、後孔を突く。果てても果てても終わりがなく、どろどろに濡れたシーツの中で何度も達《い》った。もうやめなきゃと思っても、やめられない。せめて人間になろうとしても、それすらできない——。

『——紲』

「！」

ルイに抱かれる妄想が、不意に絶ち切られる。蒼真の声だった。

頭の中に直接話しかけられ、紲はようやく我に返る。血の染みたシーツから顔を上げると、幻想は脆《もろ》く崩れてしまった。ルイの存在をこんなに近くに感じ、幸せだったのに……実際にはいつもと変わらない。むしろ遠ざかったと考えるべき状況だということを、改めて認識した。

「蒼真……」

『馨がもうすぐ帰ってくる』

紲は森の中から話しかけてくる蒼真に向かって、「わかった」と答え、聞こえるかどうかはわからないが、「ごめん」と続けた。明確に禁止しているわけではないものの、精液を食餌《しょくじ》として与え合う関係の二人にとって、自慰《じい》で無駄に射精するのはルール違反だ。

よろりと起き上がると、目の前にあるたくさんの紙袋に目が止まる。

ルイではなくノアの血。燃やさなければならない廃棄物《はいきぶつ》。直視したくない現実だった。

元々は、蒼真の眷属が運び込んだ物を焼却しようと思っただけだったのに、香りに包まれた途端、甘い淫欲《いんよく》に溺れて淫らな時間を過ごしてしまった。

いけないとは思ったが、ルイの幻《まぼろし》に「愛している」と告げられて、我慢《がまん》できなくなったのだ。

耳に触れた唇の感触や、吐息《といき》の温度が確かに残っている。

ただの幻影だとは思えないくらい、肌がルイを感じていた。

名残惜《なごりお》しい甘さも熱も洗い流すべく、紕は小屋の中のシンクに向かう。

ジャーッ……と勢いよく水を出し、ステンレスのシンクの中で両手を洗った。水は冷たく、ますます現実を意識させられる。

精液や血が付着した体も拭うと、冷たさと淋しさで気持ちが落ち着いた。

のろのろと時間をかけながらも着替えた紕は、外に出るなり焼却炉の扉を開ける。

すでに火は点《つ》けてあったので、熱気と火の粉が舞い上がった。冷えた手がいきなり温まる。

真っ赤に燃える炎《ほのお》の中に、紕は汚れたシーツを放り込んだ。多少濡れていようと関係なく、それは瞬く間に炎に呑まれる。血の色も匂いも、何もかも消え失せた。

『手伝う？』

蒼真の声が再び聞こえてきて、天高く聳《そび》える松の間から豹が現われた。

黄金の被毛《ひもう》に黒や褐色《かっしょく》の斑紋《はんもん》が入った豹だ。貴族悪魔の特徴《とくちょう》である紫の瞳を持っている。

小屋の中で何をしていたのか、全部知られていることを紲はわかっていた。けれど、今日はいつものように恥ずかしいとは思わない。急に色々なことが起きて気持ちが疲れているのか、感情や表情を動かす気力がなかった。下手に動かすと正気でいられなくなるのをわかっていて、心を揺らさないよう防衛本能が働いている嫌いもある。

紲が「手伝ってくれ」と豹に向かって言うと、彼は返事の代わりに尾を曲げた。

扉の開いていた小屋に入って、複数の紙袋を前脚で器用に掻き集めて口にくわえる。そしてトトトッ……と、軽快な足取りで運んできた。

紲は豹の蒼真から紙袋を受け取って、次々と火にくべる。お互いに同じ作業を繰り返した。人間に見られては不都合な物を焼き払えるように、炉は大きく、火力も強い。ホテルの名が入った紙袋をコーティングしているビニールが、瞬時に剝がれて燃えていく。厚い紙の部分も中身も、あっという間に形を無くした。

その度に薔薇の匂いが空に散る。ゆらゆらと、鹿島の森に蜃気楼《しんきろう》を浮かべながら——。

「蒼真……馨から連絡があったのか?」

『いや、さすがに今日は早く帰ってこさせようと思って、迎えを出したから』

炉の扉を閉めながら、紲は蒼真が言わんとしていることを察した。

高校三年生の馨は、今は夏休みで家にいられるはずだったが、生活態度の問題で補習授業を受けさせられている。成績がよくても、補習授業に出席しないと落第の可能性があるらしい。

そういった事情で、馨は地下牢にノアとノアの眷属を閉じ込めてから、大急ぎで登校した。

自転車だと遅刻しそうだったので、蒼真の眷属がバイクで送って行ったのだ。さらに帰りも迎えに行ったということだろう。補習授業は四時限までと決まっているので、そろそろ帰ってくる。その前にシャワーを浴びて、昼食の支度をしなければならない。

「――俺のこともだけど……馨のことでも色々と迷惑かけてごめん。真面目にやらないわりに卒業できないのは嫌みたいだし、大学に行きたいみたいだから」

『馨を小学校に入れる時、俺が猛反対《もうはんたい》したの憶《おぼ》えてるか？』

「ああ……」

『無茶だと思ったから反対したんだ。六つや七つの子供が、人間の集団の中でなんらかの刺激を受けても結界を崩さずにいるなんて、いくら純血種でも無理だって俺は決めつけてた。けどアイツはちゃんとやってた。今もずっとそうだ』

豹の尾で背中をパシンと叩かれた紲は、蒼真と目を見合わせる。

腰の辺りにある尾に触れて、辿るように被毛を撫でた。毛並みを逆撫でする形になったが、それでも豹は心地よさげに首を伸ばす。喉をゴロゴロと鳴らし始めた。

膝を折って抱きつくと、陽に当たっていた肢体から温もりが伝わってくる。

生きていることを実感できる鼓動や、ずっしりとした肉の感触、茉莉花《ジャスミン》の香り――蒼真は今、確かに生きている。それに反して薔薇の香りは葬《ほうむ》られ、ルイの影は薄まってしまった。ノアの血が付着したリネンを燃やしただけ……ただそれだけのことなのに、不安で堪らなくなる。

『覚悟はできたか？』

豹の尾で肩を撫でられた紲は、答えに迷う。心を鬼にして覚悟を決めたつもりだったが……覚悟などするまでもなく、抗えない時の潮流《ちょうりゅう》に流されているだけのような気がしていた。

その流れを変えられる力があるのは息子であって、自分ではないのだ。

「俺が覚悟して、どうなるものでもないだろ？」

『信じる覚悟を決めろってことだよ』

「……信じる覚悟？」

『俺は馨の力を信じてるから、自分の命も一族も委《ゆだ》ねられる』

自信に満ちた豹の顔は、人型の蒼真の表情によく似ていた。

自分も馨の力を信じたいと思う。任せるしかないこともわかっている。けれどこれから先のことを考えると、胸の中は曇るばかりで晴れようがない。

人質交換が上手くいって本当にルイが帰ってきても、ノアを解放すれば馨の存在を教会側に知られてしまう。ノアの態度からしてどう考えても口止めするのは不可能で、女王は馨を倒すために自ら動きだすに違いなかった。

純粋たる吸血鬼である女王の力は未知数だ。本気で戦ったところを見た者はこの世に居ない。三種族混合の……言わば雑種の純血種である馨のほうが強いのか弱いのか、そして経験と若さのどちらが有利なのか、それは誰にもわからない。

馨が勝てばクーデターが成立するが、負ければこちら側は逆賊として一網打尽《いちもうだじん》——馨本人はもちろん、純血種を誕生させたルイと紲、匿《かくま》った蒼真と李一族は処刑《しょけい》される。

「蒼真……俺は、誰も失いたくないって……そればかり思うんだ」

『それもひとつの覚悟だろ？　絶対誰も失わずに勝利する覚悟だ』

「お前は前向き過ぎる。俺には、自分が死ぬ覚悟しかできそうにない」

『他にもできることはあるぜ。勝利を信じて、ルイに会ったらまず何をするか考えて楽しみにしてろ。お前や俺の期待は、必ず馨の力になる』

「馨の……力に……」

『絶対なる。アイツは家族思いで自信家だからな。期待が大きければ大きいほど応えたくなるタイプだし、プレッシャーにも強い』

蒼真は豹の姿で「グゥッ」と鳴いて、頬を肩に擦りつけてくる。

負ければ失うものは途轍もなく大きいのに、蒼真の覚悟に憂《うれ》いはなかった。

確かに馨は家族思いで自信家で、普段は力を封じて生きなければならない分、期待されると意気揚々《いきようよう》と応える素直なところがある。よくも悪くもムードに呑まれやすい。

蒼真は勝つために自分がすべきことも、できることもよくわかっているのだ。

馨の力を揺るぎなく信じ、引き上げて支える。馨に勝利のイメージしか描《えが》かせないくらい、不動の強い信念で――。


紲がシャワーを浴び終えた頃に馨が帰ってきて、久々に三人で昼食を取った。

紲は人型になった蒼真のために上等なフィレ肉のステーキ二キロを焼き、馨にはその半分を焼いて出す。さらに圧力鍋《あつりょくなべ》で自家製ウインナー入りポトフを作った。ナスやキャベツ、トマトが入った夏野菜のポトフには、ローリエが効いている。粗挽《あらび》き胡椒《こしょう》たっぷりの自家製ウインナーの味も程よく出ていた。

馨はステーキを平らげた後で、ポトフも三皿ぺろりと食べる。

パンを焼く時間がなかったため、紲はテーブルの中央に昨日焼いたロールパンを置いていた。バスケットの中身は十個あり、二個を紲が食べ、残りの八個は馨が食べる。蒼真は基本的に肉しか摂らないので、パンなどは紲が勧めれば食べるが、黙っていると手を出さない。

「明日も補習なのか？」

紲の正面に座っている蒼真が、斜め前の馨に向かって問いかけた。

馨は紲の隣で、「うん」と答える。蒼真が馨の予定に口を出すことは滅多にないので、紲は話の行方《ゆくえ》を気にしつつも黙って聞いていた。

「休むとか、早く帰ってくるのは無理なのか？」

「無理。課題のプリントやるだけなんだけど、教室に居ないとうるさくてさ。初日にさっさと終わらせて帰ったら怒られた。勉強させることが目的なんじゃなく、拘束するのが目的みたいだな。意味わかんねぇ」

「一学期中、ほとんど毎日学校行ってなかったか？」

さらに問われた馨は、八個目のロールパンを引き千切りながら、よく知ってるじゃん……と言いたげな顔で蒼真を見た。紲にとっても蒼真が馨の行動を把握しているのは意外だったが、それよりも馨の答えが気になる。

「制服で家を出たからって、学校に行ってるとは限らないから」

「俺にはよくわかんないけど、それは普通のことなのか？」

「今時の高校生なんてそんなもんだよ」

「ふーん、そういうもんか」

「蒼真、全然普通じゃないから騙《だま》されないでくれ。馨、堂々と変なこと言うんじゃない」

紲は透《す》かさず割って入り、馨の肩をバチンと叩く。

そうしたところで微動だにしない馨は、「冗談だよ。学校行ってからサボってんの」と言い返してきた。それもまた堂々と言うようなことではないが、今はそんな話をしている場合でもないので、紲は再び蒼真に視線を向ける。

食事を終えた彼は、カトラリーをステーキ皿の上に揃えて置いた。

「フライトスケジュールをいきなり変更したわけだし、教会側が不審《ふしん》に思って女王に報告して、千里眼を使われるとまずいんだよな。それより前にルイの解放を要求したいとこだけど、そうすれば立ち所に千里眼を使われる――ノアの居所を探るために」

「そりゃそうなるよな。ところが俺の結界内に居る奴は見つからない。女王は奴が死んだか、自分以外の純血種が存在して、その結界内に捕らえられてるかも……って疑いだす。どっちにしても大騒ぎになりそう」

「当然なるだろうな。ノアが死んだと判断してもらえれば、お前の存在をとりあえずは隠せるけど……そうなると女王はルイを絶対放さないだろうし、ノアが消息を絶った日本に査察使《ささつし》を送り込んで、死亡理由を徹底的《てっていてき》に調べるはずだ。真っ先に疑われるのは紲の番の俺……しかもルイと仲が悪いってことになってるしな。……で、俺が調べられれば、お前の存在が明るみに出る可能性が高くなる」

「俺はいつでも歓迎なんだけど、日本で戦うのはちょっとね。フライトスケジュールの変更に関してはノアの眷属に上手いことメールさせたし、もうしばらくはこのままいけんじゃね？　補習が終わったら旅行がてらイタリア行くのもいいんだけどな」

「……っ、馨」

紲は馨の隣で二人のやり取りを見ていたが、黙っていられなくなって割り込む。

馨がノアの人格を無視している気がして、胸がもやもやとくすんだ。

「ノアをそんなに長く監禁《かんきん》するつもりでいるのか？　いつまでもあのまま地下牢に閉じ込めておけないだろ？　ノアだって眷属達だって……」

「え、余裕だよ。結界張るの慣れてるし」

「そういう問題じゃないっ、あんな……暗くて寒い所に……っ」

「吸血鬼だし、暗くて寒くていいんじゃね？」

馨の言いように、蒼真がクスッと笑う。

そんな二人に紲は腹を立てるが、しかしどうこう言える立場ではなかった。

そもそもは自分がノアをルイと間違えたせいで迷惑《めいわく》をかけたのだし、今でも混同していると誤解されるような素振りは避けなければならない。空を飛行するのは人間に目撃される危険があるため控《ひか》えるべきなのに、翳を飛ばせてしまったことや、ホテルの始末に絡んで蒼真の手を煩《わずら》わせてしまったことも申し訳ないと思っている。

実際のところ紲はルイとノアを混同しているわけではなく、ルイはルイ、ノアはノアだと、今はきちんとわかっていた。それどころか顔を殴られたショックが残っていて、地下牢に居る男を恐れる気持ちがある。

「あとで……様子を見に行ってみる」

また会うのは怖いけれど、それでも紲は会いたいと思ってしまった。

立体的で匂いのあるルイの姿を、どうしても見たい。そしてあの声を聞きたかった。

今は女王の気持ちが少しわかる。愛した人とは別人でも、淋しい今は目の前に存在していて欲しい。心まで寄せる気はない。むしろ寄せてはいけないと強く思う。ただ愛する人を鮮明《せんめい》に想いだすために……そのためだけに傍に置いておきたい形、声、香り——。

「紲、アイツは父さんじゃないんだぜ」

「そんなことわかってる。でも……ルイの息子で、お前の弟だ」

「俺にはそういう感覚ないから。父さんの振りして紲を攫《さら》って、散々ブン殴った嫌な奴としか思えない。地下牢に行くのはいいけど、手の届く範囲には近づくなよ。魔力封じたって腕力は変わらないんだし」

「毒もそのままだ。絶対に咬《か》まれるなよ」

「そうそう、猛獣《もうじゅう》だと思って十分距離取らないと」

「獣《けもの》より性質《たち》が悪い。色仕掛けや泣き落としに引っかからないようにな」

馨と蒼真に代わる代わる注意され、紲は二人に向かって「気をつける」とだけ返した。

地下牢に行くこと自体を反対されると思っていたため、少し拍子《ひょうし》抜《ぬ》けしたようなほっとしたような、複雑な気持ちになる。いっそ絶対に許さないと猛反対して、地下牢の結界を通り抜けられないようにしてくれたらいいのに——ついそんなことを思ってしまった。


紲は洗い物を終えると、夕食用のクロワッサンを作り始める。

バターと生地の層を丁寧《ていねい》に折り重ねながら、今後のことを考えていた。

馨は千里眼を使った挙げ句に東京まで飛行して疲れており、食後に蒼真の眷属の血を吸ってから眠りについた。今日は学校でもほとんど寝ていたらしい。

いくら純血種でも千里眼を使うのは負担が大きく、それは女王にしても同じことだった。

そのおかげか、今のところ女王が千里眼を使った気配はない。ノアを探そうとして見つからなければ自分か蒼真を探すはずなので、まだ探索されていないと断定できる状況だった。

紲は昨夜《ゆうべ》からこれまでのことを順番に思い返し、ノアのことを改めて怖いと感じたり、ルイのことを思いだして泣きそうになったりしながら、黙々《もくもく》とクロワッサンを作っていく。

甘さを控えたフランス人好みのクロワッサンが焼けたのは、日が落ちてからだった。生地を発酵《はっこう》させて冷やして、成形してまた発酵させて……と、非常に手間暇《てまひま》がかかるので、クロワッサンは滅多に焼かない。睡眠不足で疲れていたが、そのわりには上手くできた。サクッとして、適度に柔らかい層から成り立つクロワッサンからは、うっとりとするようなバターの香りが立ち上る。黄金色《こがねいろ》と表現したくなる色や、仄《ほの》かな甘みが上品だった。

紲は業務用オーブンでたくさん焼いた中から、特に形や色の美しい物を選び、バスケットに入れる。白い花の香りと繊細な気泡《きほう》が特徴のシャンパーニュとグラス、ミネラルウォーター、チーズやチョコレートも入れておいた。どれもルイが気に入っていた物ばかりだ。

ノアは血を失って弱っているため、人間の生き血を必要としているはずだが、一滴たりとも与えてはいけないと、蒼真から厳しく言われている。

馨の結界で魔力を封じても身体能力は人間離れしたままなので、十分に弱らせておかないと老朽化した鉄格子を破壊してしまう恐れがあるからだ。

しばらく我慢してもらうのは仕方のないことだったが、けれどせめて……養分にはならない食物や飲み物くらいは届けたくて、紲はバスケットを手に外へ出た。

通常の二階ほどの高さにある勝手口から庭に下り、鹿島の森を進む。

月はまだ細く、空の色は薄い。西の空にはわずかに赤みが残っていた。

観光客がよく小川のせせらぎと聞き間違える松の音が、さわさわと響《ひび》いている。

軽井沢の風の音そのものだ。

夏でも夕方は涼《すず》しく、紲はニットのロングカーディガンを着込み、裾を翻《ひるがえ》しながら地下牢に向かった。ノアの姿を見たい気持ちはもちろんだが、それよりもルイの近況について訊きたい想いが強く、カーディガンのポケットに指輪ケースを入れてある。

ルイの血の石が溶けていない事実を突きつければ、ノアはルイの生存を認めざるを得なくなるだろう。彼がもし本当にルイの生存を知らないのであれば、父親が生きていることを教えることができる。それにより、風向きが変わってくる可能性もあるかもしれない。

紲は薔薇園の前を通って、焼却炉と燃料小屋を横目に先を急いだ。

しばらく進むと目印の百葉箱《ひゃくようばこ》が見えてくる。

中には温度計や湿度計が納められているが、本来の用途では使われていない白い箱だ。

百葉箱のすぐ横に階段があり、下りて行くと鉄扉が見えた。

馨の結界が張ってあるため、扉から先は許された者しか進めない。自分は通れるとわかっていながらも、紲は掌を扉にそっと当てた。一瞬強い魔力を感じたが、拒絶されることはない。

鍵はかかっておらず、スライドさせると難なく開いた。

地下牢の通路には裸電球が点々とぶら下がっていて、無数に並ぶ牢内を照らしている。

入口から見て左側にのみ房があり、右側は壁だった。通路の幅は三メートル、奥行きは優に二十メートルはある。

紲は馨や蒼真に言われた通り、鉄格子からできるだけ離れて壁《かべ》寄りを歩いた。

入口にもっとも近い房内に、虜が四人纏めて入っている。元々は普通の人間である彼らは、ノアの血毒によって眷属にされた男達だ。生きる屍に等しく、判断力はあるが魂《たましい》はない。

今も紲のことを見ているものの、これといった反応はなかった。

次の房にはノアの使役悪魔が一人居て、紲の顔を見るなり憎悪を剝きだしにしてくる。

壁に打ちつけられた足枷《あしかせ》に片足を繫がれていたが、鎖の長さの限界まで迫ってくると、目を剝いてフランス語で捲し立てた。馨や蒼真が言っていた通り、まるで飢《う》えた獣のようだ。

「――っ……」

紲が怯えているうちに、その隣の房や、さらに隣の房の使役悪魔も同様のことをし始める。

金属音と重なって、何を言っているのか聞き取れなかった。紲のリスニング力を超えており、ほんのいくつか……死ねだの淫売《いんばい》だのという汚い言葉を拾って終わる。

終わらせたのはノアだ。

突き当たりにある房から、「黙れ！」と彼が怒鳴ると、喧騒《けんそう》は嘘のように静まり返った。

ぎらぎらとした視線は変わらず襲いかかってきたが、紲は正面だけを見て先へ進む。

奥にあるからといって、ノアの房が特別なわけではなかった。六畳ほどの殺風景《さっぷうけい》な空間に、彼は使役悪魔よりも酷い繫ぎかたをされている。

――なんで、こんな……っ！

その姿を一目見て、紲は身を震わせた。

食べ物など差し入れたところで、食べられる状態ではなかったのだ。

ノアは十字架にかけられたキリストのように、両手を手枷《てかせ》で壁に括《くく》りつけられていた。

両足にはそれぞれ一つずつの鉄球がつけられている。

愛しい薔薇の香りは確かにするのに、周囲は黴臭《かびくさ》く泥水の臭いが漂っていた。

紲はこの地下牢の有様を知っていたものの、牢として使われている状態を見るのは初めてで、気が動転してしまう。こうしなければいけない事情を頭で理解していても、蒼真や馨がノアを冷遇《れいぐう》していることにショックを受けた。

「逆賊が私に何か用か？」

「──っ、あ……」

差し入れを持ってきたとは、とても言えなかった。

こんな黴臭い所では、バターの香りやシャンパーニュの花の香りを愉しんでもらうことなどできないだろう。鉄格子を開けるための鍵もなく、ノアに何かを手渡すことさえ叶わない。

紲は自分の想像の至らなさや、緊張のなさ、そして愚《おろ》かさを痛感する。腕にかけていたバスケットがずっしりと重く感じられ、言葉もろくに出てこなかった。

「私はスーラ一族の主である前に、ホーネットの王子だ。その私をこのような目に遭わせて、ただで済むと思うな！」

ノアの声が地下牢に反響し、紲は全身で彼の怒りを感じ取る。地の底から響くような低音の美声は、ルイと同じ声とは思えないほど禍々《まがまが》しいものだった。

「純血種の存在を義母上が知れば、お前達は全員っ、頼むから殺してくれと乞うほどの拷問《ごうもん》を受けるだろう！　お前も、お前の息子も李蒼真も、八つ裂きにされて悶《もだ》え死ぬがいいっ!!」

ノアは次第に興奮しながら吸血鬼に変容し、紫の瞳を光らせる。

鎖《くさり》を鳴らし、髪を振り乱し、牙を剝いて呪《のろ》いの言葉を叫び続けた。

それに連なるように使役悪魔達が騒ぎだして、金属音と幾人もの声が重なり合う。

けたたましい音が地下牢に轟《とどろ》き、壁にぶつかってあらゆる方向から紲を責め立てた。

言語は混ざって判別がつかなくなる。誰が何を言っているのかまるでわからない。今の紲にとって、それはむしろ救いだった。聞き取ってしまったら正気ではいられないほどの言葉で、激しく詰られている気がする。

「……っ、は……っ……！」

怖くて怖くて堪らなくて、気づいた時には走っていた。

ノアと彼の眷属達から、一歩でも離れた所に逃げたかった。

獰猛《どうもう》な獣を想わせる吸血鬼の牙に、全身の皮膚を食い破られ血管を裂かれ、骨まで砕かれる錯覚《さっかく》に怯える。踵《きびす》を返した記憶もなく、いつの間にかノアに背を向けて——紲は開けっ放しの入口を目指して走り続けた。

わずか二十メートルの距離が何倍にも感じられ、階段を上がった時には息切れを起こす。

ハッ……ハッ……ゼィゼィと、荒れた呼吸が夕闇《ゆうやみ》に散った。

百葉箱が目の前にある。見慣れた森の光景に、少しの安堵を覚えた。

それでも息切れは止まらない。自分の喘鳴《ぜんめい》がうるさく響き、干上《ひあ》がる喉が痛みを訴えていた。

紲は足を止めることなく、フルマラソンを走り終えたランナーのように、身を崩しながらも歩き続ける。しばらく行った所で、木の根と浅間石《あさまいし》の間に足を引っかけて思い切り転倒したが、衝撃ばかりで痛みを感じられなかった。

バスケットが石の上に転がり、クリスタルグラスとシャンパーニュのボトルが割れる。深緑色の苔《こけ》に染み込みながら伝って、シュワシュワと音を立てた。焼き立てのクロワッサンも、松ぼっくりのように転がっていく。上質なバターの香りを振り撒《ま》きながら、ころころと、回転する度に土を纏った。

「——っ、う……っ、ぅ……」

大きな石に強《したた》かに打ったはずの膝や肘《ひじ》より、胸が痛くて堪らない。

ノアを敵と見做し、彼を冷遇する馨や蒼真の仕打ちを内心では非難しながら、いざその場に立ってみると恐れをなして逃げだしてしまった。

生まれながらの魔族の感覚が理解できず、非力で役に立たず、ただ甘いだけの自分に嫌気が差す。どうしてこんなに中途半端で、馨や蒼真の足を引っ張るばかりなのだろう。昔はもっとしっかりしていたつもりだったのに、今は夢見がちなお荷物だ。

「……っ！」

転んだ体勢のまま立ち上がれずにいた紲は、不意に蒼真の魔力を感じ取る。

彼の血を輸血されて血族同然になった体は、以前よりも早く正確に蒼真の居場所を把握することができた。顔を右に向けてしばらく待っていると、やや起伏のある松林の中から動く影《かげ》が迫ってくる。紫の瞳が鮮やかに光り、やがて全貌《ぜんぼう》が見えた。

『──紲……』

頭に直接話しかけられた途端、紲は自分の視界が滲《にじ》んでいることに気づく。
涙を見られたくなくて慌《あわ》てて拭うと、かえって焦点《しょうてん》がぶれた。睫毛《まつげ》が目に入って痛くなり、さらに目を擦っているうちに豹の足音が近づいてくる。

「蒼真……」

落ち葉や小枝を踏む音、獣の息遣い……そして擦り寄ってくる温かい体、茉莉花の香り──蒼真を身近に感じることで、荒れていた呼吸が少しずつ落ち着き始めた。

心や体が、彼と一緒に居ることを当たり前な日常として捉えているせいだ。条件反射の如く、ニュートラルな状態に引き戻される。完全な人間でも魔族でもない、ありのままの自分だ。

『随分《ずいぶん》酷い光景で驚いたか？』

浅間石の上に半分伏《ふ》せていた紲は、身を起こして頷く。

すると蒼真は鼻を鳴らし、足下に転がっているクロワッサンを食べた。

下を向いたままバターの香りを追って、落ちている物を次々と食べていく。

最後の一個はだいぶ遠くまで転がっていたが、石の段差を越えて拾いに行った。

前脚の爪を駆使《くし》して掬《すく》い上《あ》げ、地面から浮いた瞬間を狙ってアムッと食いつく。

肉食獣の大きな口には食べ応えがなさそうだったが、空を仰《あお》いで尾を振って、『美味い』と言った。豹の姿でも笑っているのがわかる。三日月を背負いながら戻ってくる間も、上がった尻尾《しっぽ》がゆらゆらと揺れていた。

「そこ、硝子の破片があるから、気をつけて……」

蒼真は紲の忠告を聞いて、「グウッ」と喉を鳴らす。

破片を避けて遠回りをすると、しなやかにジャンプして真横に来た。

手の届く位置で腰を下ろし、バターの匂いをさせながら人間めいた溜め息をつく。

『地下牢にノアをあんなふうに監禁したのは馨と俺だけど、生粋《きっすい》の魔族にとってはあれくらいやるのが常識だから、お前も理解してくれ――なんて俺は言わないぜ。相手はルイの息子だし、俺ならもうちょっとまともに扱う。地下牢に入れたりしないで、家の中に監禁するだろうな』

「蒼真……」

『あれは馨の感情表現だ。物凄く子供染みてるけど、自分が今どれだけ怒ってるかをアピールしたいんだよ。お前や俺に対しても、ノアに対しても――』

「ノアが……馨が見たくないものを、見せたからか？」

蒼真の言葉に、紲はホテルでの一幕を思いだす。

紲はもちろん蒼真ですら不憫《ふびん》に思うくらい、馨はノアを厳しく拘束した。

あの時に見せた馨の怒りが、今になってまざまざと蘇ってくる。

紲は自分が受けた衝撃や、ルイを想うことにばかり囚われて――馨があの時どんな気持ちでノアを殴り、捕らえたのか、息子の身になって考える余裕がなかった。

『父親を知らない馨には理想があっただろうし、一年後に見るはずだった父親の姿と、両親の愛情を穢《けが》されたことにアイツはかなり怒ってる。というか、傷ついてる』

「──傷……」

『たぶんな。その辺の気持ちは、俺もあんまりわかってやれなかったけど』

蒼真はたぶんと言ったが、紲は彼の言葉に間違いはないと思った。

傷ついたからといって、素直にそれらしい態度を取れる年頃ではなく、性格的にも強がりで、平気な振りを通してしまう息子だった。それはわかっているのに、自分のことで手いっぱいで気が回らなかった。赤の他人の苗字《みょうじ》を名乗り、スーラ一族とは縁《えん》のない使役悪魔の振りをして生きなければならなかった馨が、父親と同じ姿の異母弟をどんな気持ちで攻撃したのか──。

『そういうわけで、地下牢では馨の好きにさせたんだ。ノアをただの敵と考えればあれくらいやって当然だし、俺は親でも人間でもないから──人としての道理を説《と》く立場じゃない』

「蒼真……」

『馨の気が済むまで放っておくのもありだし、いくらなんでもあれはないだろって叱りつけて、待遇を改善させるのもありだと思う。どうするかは紲が決めればいい』

蒼真は豹の姿で、またしても「グゥッ」っと鳴いた。

人間時の声は届かなかったが、『どうする？』と訊かれたのだとわかる。

紲が黙っていると、蒼真は近くに転がっていたバスケットをくわえた。

その動作に応じて無心で手を動かした紲は、ミネラルウォーターのボトルやチーズを拾って、蒼真が口から下げているバスケットに戻していく。

親の資格が自分にあるとは思っていないが、それでも馨の親だという自覚が紲にはあった。

親として叱るべき時は叱ってきたのだ。人間の血を持たない完全な魔族の馨に、人として何が正しいのかを教えてきた。それはこれから先もずっと続く、自分の役目だと思っている。

「――もう少し手加減するように言う。敵でも、兄弟は兄弟だから」

甘いと思われるのは承知のうえで、紲は蒼真に自分の考えを伝えた。

血を分けた弟に必要以上につらく当たる息子を、そのままにはできない。

親である自分が強要しなければ、馨はノアを許すきっかけを得られないだろう。

結果的に、馨自身の痛みも深まることになる。人を傷つければ自分も傷つく――そういう、人間らしい心を持つ息子だと信じている。

『そろそろ飯時だし、馨を起こすか』

蒼真の言葉に、紲は「ああ」と短く答えて立ち上がった。

甘過ぎると呆れられるかと思ったが、蒼真は最初からわかっていたかのように平然として、くるりと方向転換する。すっかり暗くなった空の下を、バスケットをくわえたまま歩きだした。

「あ……地下牢の扉、閉め忘れたかもしれない。ちょっと見てくる」

『結界があるから開いてても問題ないぜ』

「……でも一応。虫が入るといけないし」

紲は蒼真と一緒に歩きかけていたが、一旦《いったん》足を止めて屋敷とは逆方向を向く。

地下牢の入口はスライド式の扉になっているため、慌てて飛びだした際に閉めてこなかった確率が高い。もし開けたままになっていたら、ノア達は一層不快な思いをしているだろう。

紲は蒼真と別れて、松林の中に見える百葉箱を目指して歩いた。

牙を剝かれながら罵《ののし》られる恐怖は根強く残っているが、外側から扉を閉めるだけなら結界の中に入らずに済むので、早々に終わるはずだ。それに飛びだした際に無意識に閉めた可能性もゼロではなく、目視で済むかもしれない、とも思った。

独りで地下牢に向かった紲は、白い百葉箱の前で足を止め、階段の下を覗く。

扉は開けっ放しになっており、電球の光に引き寄せられた羽虫が次々と入って行った。

ああ、いけない——そう思って階段を下りる途中、紲はふと自分の右脚に視線を落とす。

指輪ケースの重みで右側が張り詰めていたはずのロングカーディガンが、やけに軽くなっていることに気づいたのだ。

——……っ、指輪……！

慌てて左右のポケットを確認したが、どちらにもケースは入っていなかった。

そう認識するなり、体中の血がスーッと下がる。

大丈夫だ……焦らなくても、敷地内にあるのは間違いない——紲は自分にそう言い聞かせ、落ち着きを取り戻そうとする。

しかしどこで落としたのか考えると、一層肝《きも》が冷《ひ》えた。

先程転んだ場所ならいいが、もしもそれより前に地下牢の中で落としていたら？　ケースが転がって、ノアや使役悪魔の手に渡っていたらどうなるのだろう——。

「！」

階段の途中で立ち止まった紲は、再び蒼真の気配を感じ取る。

心配になったのか、彼はバスケットをどこかに置いて走ってきた。

脚力を生かした全速力というわけではないものの、それなりの速さだ。

豹の姿を見て、紲は頰の強張りを解いた。指輪を落としたことを蒼真に相談すべきだと思い、階段を上がり始める。ところが一段、二段と上がった瞬間、頭の中に『紲っ！』と声が届く。

「！」

豹の蒼真が類稀な瞬発力を発揮すると同時に、紲は背後に大きな魔力を感じた。

振り返った時にはもう、黒い影が階段の下から迫ってきている。

段数など大してなく、瞬く間の出来事だった。

──ノア……ッ、どうして……⁉

見事な長軀《ちょうく》を持つ、黒衣の男……白い肌、乱れた黒髪、鋭い牙──。

わずかな月光を受けて、紫の瞳が爛々《らんらん》と光る。手枷を嵌められていたはずの手は、腕も掌も血だらけだった。間違いなくノアだ。彼が馨の結界の外に居る。

目を疑う間もなく、ましてや逃げる余裕などあるわけもなく、紲はノアの手に捕らえられてしまった。蒼真が到着する寸前、ほんのわずかな差で後ろから羽交《はが》い絞《じ》めにされる。

「う……ぅ、あ……っ！」

『ノアッ！　紲を放せ！』

どうして……どうしてノアが馨の結界から出てこられたのか、紲の脳裏は恐怖を上回る謎《なぞ》で占められる。首筋に刃物のような物を当てられ、それが硬化させた彼の血だと気づいてもまだ、死の恐怖は二の次だった。何故なのか本当にわからない。馨の結界は絶対で、無理に通ろうとすれば瀕死《ひんし》の重傷を負うはずだ。

「李蒼真！　この淫魔を殺されたくなかったら人間に変容しろ！　今すぐだ！」

「──っ、う……く、ぁ……っ！」

首筋に当てられた血の刃が、紲の皮膚をぷつっと破る。

鋭い痛みが走り、鎖骨《さこつ》に向かって血が流れていくのがわかった。

無理に仰け反らされる体勢は苦しく、喉やリンパ腺《せん》が不自然に引《ひ》き攣《つ》りだす。

背中に密着する冷たい体からは、地下牢の臭いに穢された薔薇の香りがした。それだけではなく、ノアは四人の人間の血臭を纏っている。

こんな危機的状況でも、調香師として鍛えた紲の嗅覚はきちんと働いていた。

四人のうち二人は、一番手前の房に閉じ込められていた虜のものだ。さらにもう二人分は、人間化した使役悪魔の血の匂いだった。ノアがどうやって馨の結界を抜けたのかはわからないが、吸血により体力を回復させ、手枷や足枷、錠《じょう》を壊したのは間違いない。

『紲、お前にだけ話しかける』

「……っ！」

豹の姿で、蒼真はじりじりと間合を詰めた。殺気を漲《みなぎ》らせ、獣として唸《うな》りを上げる。今にも飛びかかってきそうな凄味《すごみ》があった。

しかし紲の体は完全にノアに捕らえられており、豹の蒼真がどれだけ俊敏《しゅんびん》に動いたとしても、ノアが紲に致命傷を負わせるほうが早い。毒香を放ってノアの体を麻痺《まひ》させるのも有効な手段とは思えなかった。毒が効く前に、ノアは紲の首を斬《き》り落とすことができるだろう。そのうえ今は、こちらが風上《かざかみ》だ。

『俺は今から馨に思念を送ってここに呼ぶ。けど……いくらアイツでもこの状況じゃどうにもできないかもしれない。その時はノアを挑発せずに大人しく従え。紲が殺されたりしないよう、最強の呪いをかけておくから』

――っ、最強の……呪い……？

「早く変容しろ！　淫魔の手足を斬り落とされたいのか!?」

唸りながら身構える豹に向かって、ノアは声の限りに怒号をぶつける。

自分だけに送られる蒼真の声に集中しているうちに、紲の体は血の帯で所々縛りつけられていた。右手首に絡んだ帯の先が鎌《かま》の形になっており、今にも振り上がって紲の腕を斬り落としそうに見える。

馨に思念を送り終えたのか、蒼真は前脚を伸ばして上体を低くした。くっきりとした斑紋を持つ被毛が徐々に短くなるに従い、獣の骨格が人間に近づいていく。金髪が揺れ、前肢《ぜんし》が二の腕になって地面から離れた。四つ足から二足歩行の体への移行は、いつもながら鮮《あざ》やかだ。

「両手を上げて、そのまま後退しろ！　木に背中がつくまでだ！」

「ノア、これだけは言っておく。紲には絶対に手を出すな」

東洋人の滑らかな肌を持つ青年に変わった蒼真は、全裸で両手を軽く上げる。

人型でありながら豹さながらの筋肉質な体は、夜目にも眩しいばかりだった。躍動感《やくどうかん》に溢れ、今にも跳躍《ちょうやく》しそうに見える。

「ルイはお前のことを、あからさまに可愛がれなかったかもしれない。それでもお前を大事に思ってたはずだ。馨が女王を倒せば、ルイは今より遥かにお前を可愛がりやすくなるだろう。ただし、お前が紲に手を出したらすべて終わりだ。ルイは絶対にお前を許さない。お前は生涯《しょうがい》、父親の愛情を得られなくなる」

「……ッ」

鹿島の森に朗々と響く蒼真の言葉に、ノアは確かに反応した。

女王の寵愛《ちょうあい》を受けて傾倒しているノアに向かって、この脅《おど》しが有効だとは思えなかった紲は、蒼真が言っていた最強の呪いという言葉の意味に、はたと気づく。

貴族悪魔にとって父親という存在は、紲が考える父親とはまったく違うのだ。

この世に生まれたその日から、血と力を毎日分け与え、同じ姿に育ててくれる存在——母親以上に身近に感じるのが父親であり、その絆《きずな》は格別だ。同じく貴族悪魔である蒼真は、父親に対する子の想いをよく知っている。

「無駄口を叩くな！　早く下がれ！」

ノアは動揺を露わにし、蒼真は無表情のまま彼の指示に従った。

蒼真の背中が松の木に触れるや否や、ノアは手首を切って血の帯を飛ばす。

「やめろ！」

紲の声が響く中、それは忽ち蒼真の体に巻きついた。剝きだしの肌を赤く彩《いろど》りながら、木に括りつける。微《かす》かに呻く声が聞こえてきて痛々しかったが、赤い色はノアの血液を変化させた物に過ぎず、蒼真の体は無傷だった。攻撃ではなく拘束の域に留まっている。

「紲……っ、蒼真！」

ノアが蒼真の動きを完全に封じると、屋敷のほうから馨の声が聞こえてきた。

こんな時でも自身に張った結界を緩めない馨の魔力は、誰にも感じることができない。

ノアは馨の声と気配だけを辿り、紲を盾《たて》にして身構える。血の帯を紲の首にきつく巻きつけ、自分と紲の体が容易に離れないよう結びつけた。無論、首に突き立てていた血の刃も引かない。たとえ馨に一撃で殺されようと、紲を道連れにできる状態を保っていた。

「そこで止まれ！　余計なことは一切するな！」

「——っ、なんで……どうして出られるんだ？」

薄闇《うすやみ》の中から部屋着姿で現われた馨は、ノアの姿を見るなり息を呑む。

夕風が亜麻色の髪を揺らしていたが、その心も酷く揺れていた。純血種の絶対的な力を誇る馨にとって、理解し難い理由で結界を破られることは痛手になる。すぐに蒼真に視線を向けて無事を確認するものの、困惑しているのは明らかだった。

「指輪だ……ルイの指輪」

馨とはだいぶ離れた位置に居る蒼真が、苦しげな息と共に呟《つぶや》く。

紲は首にちくちくと刺さる刃《やいば》に仰け反りながら、はっと目を見開いた。

ノアの指にルイの指輪が嵌まっているのかどうか……今の紲の体勢では確認できなかったが、蒼真や馨の視線がノアの左手に向かっているのがわかる。おそらく嵌めているのだ。

──……っ、指輪……そうだ、前にも確か……！

誓いの指輪と結界という組み合わせから、紲は二十年近く前に起きたある出来事を思いだす。

ルイが結界を張っていたスーラ城の地下室に、入室を許されていなかった紲が難なく入れてしまったことがあった。ポケットにルイの血の指輪を入れていたせいで、入室を許された者と見做されたのだ。

それ以外にも思い当たる節はある。ルイがこの屋敷に初めて来た日──紲の百歳の誕生日に、彼は蒼真を避けるために客間に結界を張り、蒼真の指輪を外してから入るように……と、紲に指示した。指輪と結界の関係性を、ルイはよく知っていたのだ。

「俺の……せいだ。俺がルイの指輪を持ち込んだから……っ」

紲は身じろぎできないまま、声を振り絞《しぼ》る。

馨の自信を削《そ》がないようにしたい思いが何よりも強かったが、後悔と自己嫌悪も激しかった。

何も知らなかったわけではないのだ。経験により多少は知っていたのに、深く考えずに取り返しのつかない失敗をしてしまった。

「……っ、父さんの指輪を嵌めてると、俺の結界を通り抜けられるのか？」

馨はノアと対峙しながら、視線だけを蒼真に向ける。

「普通なら通れない。ただし、許された者が誓いの指輪を結界内に持ち込むと……指輪の血の主も許可されたことになるんだ。貴族の親子は魔力のパターンが完全に一致するから、ルイが許されたことでノアまで通れるようになったんだと思う」

蒼真もまた、悔恨《かいこん》を滲ませる表情を浮かべていた。そうでもなくとも縛りが苦しい様子で、何度か咳《せき》をする。

「馨……っ、ごめん……俺のせいだっ」

「いや、紲に話さなかった俺が悪い。今やっと思いだしたくらいで、長いこと忘れてた」

紲と蒼真の言葉に馨は舌を打ち、対照的にノアは笑う。

背後でフッと息をつくのがわかり、紲の焦燥は弥増した。

馨が今どんな気持ちでいるのか考えると、申し訳が立たなくなる。息子を支えなければいけない時に、自信を傷つけてしまった。そのうえこうして捕まって、さらに足を引っ張っている。

「そこの純血種！　よく聞くがいい！　お前が私に攻撃すれば、この淫魔の首を斬り落とす！　たとえ死の間際《まぎわ》であろうと、必ず道連れにしてやる！」

もしも今死ぬなら、父の愛も何も要らない――ノアの覚悟は、言葉にも声にも表れていた。

それは捕らえられている紲は元より、蒼真にも馨にも伝わって、二人の表情は一層曇る。

紲の首には血の刃が何度も刺さり、その度に少しずつ傷つく肌から血液が細い筋状に流れていった。馨の視線が首の傷に注がれているのを感じ、紲は無理に表情を消す。苦しそうな顔をしないよう努めて、ぐっと歯を食い縛った。

「地下牢から私の眷属を解放し、李一族の赤眼に車を用意させろ！」

「紲を連れてイタリアに帰るつもりか？」

馨は問いながらも地下牢に向かって歩きだし、百葉箱の横にある階段を下りて行く。

常に一定の距離を保とうとしたノアは、紲を羽交い絞めにしたままじりじりと移動した。

質問には答えなかったが、彼がイタリアに帰りたがっていることは聞くまでもなくわかる。

そしてノアの帰国が開戦の合図になるのも間違いなかった。この屋敷を出てホーネット教会本部に連絡できる状況になったら、ノアはすぐさま純血種の存在を女王に伝えるだろう。

その時点で戦いの火蓋《ひぶた》は切って落とされることになる。

しかし今はノアに従うしかなく、蒼真も紲も、それぞれ拘束されたまま馨を待った。

しばらくすると地下牢に続く階段から馨が上がってくる。後に続くのは使役悪魔六人だけで、虜の姿はなかった。

紲は一瞬不思議に思ったが、風上から流れてくる匂いを嗅いで理由を察する。

彼らの体からは四人分の死臭がした。虜の血を、死ぬまで吸ったということだ。

「！」

連なって現われた使役悪魔のうち、やや遅れて階段を上がってきた二人の男を見て、紲は目を瞬かせる。房の中で見た時は確かにあった腕が、片方なくなっていた。二人共止血をされてはいるものの、痛みに顔を歪めながら歩いている。

──……っ、どうして、腕が……!?

使役悪魔二人の腕が、何故一本ずつなくなっているのか――紲は答えを求めて蒼真に視線を送る。首はほとんど動かせなかったが、蒼真は気づいて眉を寄せた。

「ノアの牢に近かった二人が、片腕引っこ抜いて投げ込んだんだろ。赤眼の腕二本分の血で、手枷と錠を破壊するだけの体力を取り戻したんだ。さらに虜の血を吸って、完全回復してから赤眼を解放して虜を喰《く》わせた」

「……っ、そんな、こと……」

「正直ここまでするとは思わなかったな。飢えた状態のノアが手枷を破壊するのは無理だって判断したから、お前を独りで地下牢に行かせたのに……この様《ざま》だ。指輪を持ち込まなくても、結局は捕まって人質にされてたかもしれない」

蒼真は松の木に括りつけられた状態のまま、「俺の読みが甘かったんだ」と苦笑する。

紲の視界は涙めいて――血の刃を避けながら、ほんの少し首を振るのが精いっぱいだった。

「おい、そこのパチモン。まさかこのままで済むとか思ってないよな?」

苦虫を噛み潰したような顔をしていた馨は、パンツのポケットに手を突っ込みながらノアを睨み据える。魔力を封じていても威圧的なオーラは健在で、それを感じたノアは紲を捕らえたまま三歩も退いた。

解放された使役悪魔六人が我先にとノアの前に進みでて、盾になろうとする。腕があろうとなかろうと関係なく、主を守ることに必死だった。

「――女王に、首を洗って待ってろと伝えておけ」

馨は緊迫《きんぱく》した空気を裂くように言い放つ。

斜《しゃ》に構えた態度は、この上なく挑発的《ちょうはつてき》だった。

「馨……っ！」

いったいなんてことを言うのかと、紬は甚《はなは》だ焦って声を上げる。しかし返ってきた言葉は、一言だけだった。「時が来たってことだよ」と、驚くほどさらりと言われる。

当たり前のように宣戦布告した馨は、ノアを睨みながら不敵に笑った。


一刻も早くイタリアに帰るため、ノアはその夜のうちに羽田空港を後にした。

片腕を失った眷属がプライベートジェットのパイロットだったこともあり、専用機は使わず、大手航空会社の飛行機に人間として乗り込んだ。ファーストクラスの空席すべてを買い占めることで、極力人目を避けている。乗る前は直行便がなかったことに不満を露わにしていたが、いつまでも贅沢《ぜいたく》を言っていられる状況ではなかった。

――やっと……少し落ち着いたみたいだ……。

通路を挟んで隣に座っているノアの横顔を見ながら、紬はようやく一息つく。

早く日本を離れたいあまり、離陸してもなお苛立っていたノアだったが、ワインを飲む姿はルイと変わらないくらい優雅《ゆうが》に見えた。グラスを持つ指先まで美しい。

左手の小指には、ルイが紬に贈った誓いの指輪が輝いていた。

返してくれと頼んだが返してはもらえず、小指ですらきつそうなのに嵌めたままにしている。

紲はルイの指輪だけではなく、元々嵌めていた蒼真の指輪まで奪われてしまった。状況的に今は諦《あきら》めるしかないが、少なくともルイの指輪に関しては粗末《そまつ》にされる心配はなさそうだ。

それは紲自身に関しても言えることで、人間の目がある場所ではおそらくまともに扱われるだろう。目立ってはならない掟がある以上、殺されることも暴力を振るわれることもない。

──今のうちに休んでおかないと……いざという時、また足手纏いになる……。

紲はカプセルに近い形のシートの中で、毛布を肩まで引き寄せた。

こうして機上の人となるまでに様々な問題が立ち塞《ふさ》がったため、心身共に疲れ切っている。

紲を屋敷から連れだしたノアは、李一族の使役悪魔に車を出させ、没収《ぼっしゅう》されていた所持品と共に長野県内のホテルに向かった。その途中で専用通信機を使い、教会に連絡してヘリを手配させたのだ。ヘリポートを備えたホテルに到着するとすぐにシャワーを浴びて着替え、無傷の眷属と共に羽田に向かった。ぎりぎりのところでなんとか最終便に乗り込み、今に至っている。

「ノア……頼みたいことが……」

紲は薄ら寒く感じる機内で、改めてノアを見つめた。

馨が自分達を追うようにイタリアに乗り込んでくることは避けようがないが、少しでも馨に有利な状況を願わずにはいられない。紲がこれまで隣で見聞きしていた限りでは、ノアはまだ教会に馨のことを報告していなかった。帰国したいからヘリを手配しろと言っていただけで、日本で何があったのかは説明していないのだ。

　隣から声をかけた紲に、ノアは冷たい視線を向けた。相変わらず機嫌が悪く、すぐに正面に向き直る。再びワインを口にしたが、紲のせいで不味《まず》くなったと言わんばかりに顔を顰めた。

「馨のこと、女王に黙っていて欲しい……」

　無理難題《むりなんだい》と承知のうえで、紲は言うだけ言ってみる。

　蒼真がノアに向かって、「馨が女王を倒せば、ルイは今よりも遙かにお前を可愛がりやすくなるだろう」と言った時、彼は確かに反応していた。そんなことは馬鹿馬鹿しいと嘲《あざけ》ることもなく、興味がないと一蹴することすらなかったのだ。

「くだらんことを言うな。私はホーネットの王子だ」

　ほぼ予想通りの言葉が返ってきて、紲は瞼《まぶた》を伏《ふ》せる。

　予《あらかじ》め襲撃に備えられたら、馨は当然不利になるだろう。

　向こうには女王の血族の新貴族が大勢居るうえに、近隣諸国《きんりんしょこく》の貴族も集められる。しかも馨から見れば、両親を人質に取られている状態だ。息子を危険な目に遭わせるくらいなら命など捨てても惜しくはないが、仮に自害すれば馨は報復のために動くことになるだろう。

　事態は悪くなるばかりだ。それに、勝手に死んだりしたらルイの十九年を無駄にすることになってしまう。たとえ何があろうと、生き延びて必ず再会しなければならない――。

「ルイが生きてること、本当は知ってたんだな」

　紲の言葉に、ノアは左手を少し浮かせる。小指に嵌めている指輪を満足げな表情で見つめた。

「まさかこんな物が存在するとは思わなかった。亡くなったことにするにあたり様々な書類を確認したが、父上の指輪は石を外されて返却されたことになっていた。書類上のミスか?」

「あ……一度返却して新しい物と交換したんだけど、手続きの途中でやっぱりやめて、新しいほうを返したんだ。そうか……ごたごたしたから返却したことになってたんだな」

「血の石が溶けていないということは、お前をまだ愛しているということか……」

ノアは冷めた口調で言うと、大雀蜂と十字架の紋章の指輪を右手で撫でた。ルビーのように固められた石を、爪の先で軽く突《つつ》く。指輪のおかげで解放されたこともあってか、その存在を忌まわしく思ってはいないようだった。むしろ愛惜《あいせき》の品を見る目つきだ。

「お前のどこがそんなにいいのか、私にはわからない。父上は何故お前を愛したのだ?」

「——っ、そんなこと……俺が知りたい」

紲が即答すると、ノアは不思議そうな顔をした。愛される理由を自分で明言できるのが普通だとでも思っているのか、「心当たりがないのか?」と訊いてくる。

「まったくないわけじゃないけど、ただ単に……ルイが初めて出逢った、使役本能のない使役悪魔だからだと思う。俺には感情や意思があって……人間の感覚を持ってるのに老いないから、だから少し面白くて、番として丁度いいって思ったんだろうな」

紲は八十年以上も前のことを思いだしながら、「ただそれだけのことなんだ」と付け足す。

きっかけは本当にそれだけのこと……そこから先は説明できるはずもなかった。

ごく普通の人間として生まれ育ったにもかかわらず、先祖返りの淫魔だったために凌辱の憂《う》き目を見てきた紲にとって、性交は嫌悪の対象だった。ルイにしても、貴族悪魔の義務として種付けをしなければならず、性的行為を虫唾《むしず》が走るほど嫌っていたのだ。それなのに、荒波に呑まれるように心も体も引きずり込まれ、燃え盛る情動を抑え切れなかった。

傍に居るだけでは足りなくて、触れたくて、体を繋ぎたくて……本能が誘惑の香りを放ち、お互いを誘い合った。

「……ぁ……っ」

紬はルイとの情交を思い浮かべてしまい、立ち上る自身の匂いに焦る。

ホワイトフローラルブーケと蜜林檎の香りが、機内の空気に混ざった。

人間の嗅覚では感じられない匂いだが、しかし淫毒としては作用してしまう。

「こちらに来い」

突然、通路の向こうの席からノアの手が伸びてきた。

紬は腕を引っ摑まれ、彼の膝の上に座らせられる。驚く暇もなく、ぎゅっと抱き締められた。

思わず震えて居竦《いすく》まるが、彼の顔に近づいた鼻が、高雅な薔薇の香りを感じ取る。

「私の匂いを嗅いで落ち着け」

「──ノア……ッ」

「生憎《あいにく》プライベートジェットではないからな、ここで精液をやるわけにはいかないが、あとでいくらでもくれてやる」

ノアはシートをゆっくりと倒し、紬の体は彼の胸に縋《すが》る体勢になった。

できることなら元のシートに戻りたかったが、今は早急に淫毒を抑えなければならない。

紲はノアの胸に手を当てながら、彼の首筋に顔を埋《うず》めた。

無防備にルイの香りを嗅ぐと欲情してしまうが、意思を強く持って嗅げば、逆に落ち着きを取り戻すこともできる。一緒に居るという安心感や、あとで彼の精液を得られるという確約によって、一時的に気持ちが静まるのだ。実際にはこれはノアの香りで、彼の精液を摂取《せっしゅ》する気などなかったが、今はルイに置き換えるしかない。

「お前はもう私の物だ。父が今でもお前を愛しているなら、私はどうあってもお前を手に入れなければならない。あの人のすべてを知り、超えるために――お前が必要だ」

シートを深く倒した状態で、ノアは髪に触れてきた。

頭の形を辿るようにしてからうなじにも触れ、「紲……」と名前を口にする。

その声に、心臓がぴくんっと跳ねた。彼はルイではなく、姿形と実年齢が合っていない子供だとわかっているのに、つい胸が高鳴ってしまう。

父親に対する憧《あこが》れと対抗心を持ち、感情の起伏《きふく》が激しく不安定で、薄っぺらな自尊心に支えられている憐れな王子――彼の中身は、馨よりも年下の少年だ。惑《まど》わされてはいけない。

「紲、私の番になれ」

「――っ……！」

ルイから何度も言われた台詞《せりふ》に、紲の心臓はまたしても反応した。

しかし今度はときめきのようなものではなく、きりきりと絞めつけられる痛みだ。

いくら後悔しても仕方がないが、この言葉を初めて聞いた時――逃げることなく笑いながら

頷けばよかった。そうすれば今こんなことになってはいなかったはずだ。ルイは幸福に満ちた
顔で微笑み、抱き締めてくれただろう。自分はルイの番として千年の寿命を得て……誰に引き
裂かれることもなく一緒に居られた。死ぬまでずっと、永遠に――。
――……でも、そうすると馨が……。

紲が過去を悔やんで後ろ向きになると、いつも突き当たるのが息子の存在だった。

後悔ばかりの人生だが、過《あやま》ちがあったからこそ得ることのできた希望もある。過去に戻って
人生をやり直したいと思う反面、馨が存在しない世界など考えられなかった。

やり直すことで馨を失うなら、今のままがいいと思ってしまう。結局どうあっても先にしか
進まない時の流れに沿って、前を向いて生きていくしかないのだ。

「……継承が終わった今でも、ルイとは……会ってるのか?」

紲はノアの言葉には何も返さず、彼の心音を聴きながら問いかける。

指輪の石を見つめながらルイの無事を信じてきたものの、ノアがルイの生存を認めたことで
実感が強まっていた。再会できる可能性を考えれば、ホーネット城に行くのも怖くはない。

「お前は私の番だ。父のことを知る必要はない」

ノアは急に機嫌が悪くなったように答えると、紲の髪を鷲摑《わしづか》みにした。

突然のことに「うっ……」と呻いた紲の唇に、強引なキスをする。

伸ばされた喉が塞がれ、首の骨が軋むような口づけだった。

5

北イタリア、ホーネット城——囚《とら》われのルイ・エミリアン・ド・スーラは、日本に向かった跡取《あとと》り息子の帰りを待ち侘《わ》びていた。時刻は午後二時。通常は眠っている時間だったが、紲《せつ》のことが気がかりで床《とこ》に就《つ》くことができない。

直感的に間もなくノアが帰ってくる気がして、延々と牢内《ろうない》を歩き回っていた。亡《な》きエルヴェは、ノアはオッドアイの淫魔《いんま》を迎《むか》えに行ったと話していた。それを裏づけるように、女王も紲をノアの番《つがい》にすると明言したのだ。

そう考えると、ノアが紲を連れて帰ってくる確率は高い。紲が産んだはずの純血種《じゅんけつしゅ》の子供がノアを返《かえ》り討《う》ちにすれば別だが、ルイの直感はノアの帰還《きかん》を察《さっ》していた。それも無事の帰還だ。

——純血種が存在することをノアが知ったら、当然女王に報告する……。

ルイは情報漏洩《ろうえい》に関する不安を抱えていたが、しかしそれ以前に腑《ふ》に落《お》ちないことがあった。

純血種が存在するなら、秘密を知ったノアをイタリアに帰すわけがない。ノアが帰ってこられるのは、純血種が存在しないということではないかと思えてきて、ルイは凄《すさ》まじい喪失感《そうしつかん》を覚える。妊娠中《にんしんちゅう》の紲の腹に耳を当て、元気な胎動《たいどう》を聴《き》きはしたが——子供が無事に産まれたという確証《かくしょう》はないのだ。本来は女貴族でなければ産めないはずの純血種の子供が、男の紲の腹の中では育ち切れずに流れてしまっていたとしたら……これまで自分の中に確固として存在していた愛の結晶《けっしょう》が幻《まぼろし》になる。そして紲は、二重の苦しみを味わったことになるのだ。

――いや……違う……それは考え過ぎだ。あの子はもう十八になっているはず。正体を隠すために紲や蒼真《そうま》と離れて暮らしている可能性もある……。現時点で女王が平然としている以上、ノアは純血種がもう一人いることを知らないはずだ。私の振りをして紲と蒼真を騙《だま》し、上手く連れ去ったか……蒼真を倒して、紲を強引に攫《さら》ったか……。

ルイは知ることのできない日本での出来事を想像しながら、何事も穏便《おんびん》に済《す》んでいることを祈《いの》る。純血種の存在は隠されたまま、蒼真は無事で、紲はノアを自分だと思って喜んでいればいい。差し当たり紲が苦しむことのないように、今はそれでいい――。

口の中でそっと、「紲……」と呼ぶと、それだけで世界が明るく見えてくる。

もしかしたら近いうちに会えるかもしれない。たとえノアの番という形であっても、生きている紲に会いたい。

そこから何がどう変わっていくのかはわからないが、紲が同じ城の中に居るというだけで、一筋《ひとすじ》の光明《こうみょう》を見出《みいだ》せる気がした。力が湧《わ》いてきて、冷たいはずの血が沸々《ふつふつ》と滾《たぎ》りだす。

ノアが帰還するという予感めいたものは当たり、女王の起床時間が迫った頃に続き間の扉《とびら》が開かれた。その前からノアの魔力を感知していたルイは、鉄格子《てつごうし》の前に立って待ち構える。

目の前には見張りの新貴族《しんきぞく》が一人と、その眷属《けんぞく》が二人居た。

ノアと言葉を交わすことは許されていないが、長い時の流れの中で、いつの間にか起床時の挨拶《あいさつ》をする習慣ができている。無言のまま、目と目を合わせるだけの挨拶だ。

今夜はどうなるのか想像がつかないが、普段のノアは女王を起こしに行く際《さい》に牢の前を通り、歩きながらルイに会釈《えしゃく》をするのが日課だった。足を止めはしないが、ゆっくりと歩く。

それがわかっているので、ルイはいつも鉄格子の近くの椅子《いす》で本を読んで待った。

そしてノアが現われると本を閉じ、視線を合わせながら微笑《ほほえ》みかけるようにしている。

たったそれだけだったが、自分とノアの間には親子の絆《きずな》があると、ルイは信じていた。その絆が女王とノアの絆とは比べようもなく脆《もろ》いものだとしても、ルイにとっては大切なものだ。

「ノア……ッ、日本に行ったのか？　紲をこの城に連れてきたのか⁉」

続き間の扉が開いてノアが現われると、ルイはすぐさま声を上げる。

本当はこんなつもりではなかった。もっと冷静に、ノアを刺激《しげき》しないよう話しかけるつもりだったのに――ノアの姿を見た途端《とたん》に自制がきかなくなってしまった。

見張りの新貴族が立ち上がり、「会話は禁止です、慎《つつし》んでください！」と叫《さけ》んで割り込む。

エルヴェの代理としてやって来た赤毛の貴族悪魔《きぞくあくま》で、彼の使役悪魔《しえきあくま》二人も後に続いた。

槍《やり》を格子に向けられ視界が悪くなったが、それでもルイは構わず身を乗りだし、彼らよりも背の高いノアを見据《みす》える。視線は合っていて、ノアは無表情のまま近づいてきた。「退《ど》け」と言って新貴族の肩を摑《つか》み、無理やり退かす。

「殿下《でんか》っ、いけません！　陛下《へいか》に逆らうおつもりですか⁉」

「逆らう気などない。何を話したか記録して伝えればいい」

ノアの言葉に、赤毛の新貴族は「そういう問題ではございませんっ！」と叫んだが、ノアは構わず鉄格子の前に立つ。

継承後《けいしょう》はここまで近づくことも正面切って対峙《たいじ》することもなかったため、奇妙《きみょう》な光景だった。まるで鏡《かがみ》でも見ているかのようで、ルイはしばし息を詰める。

目の前にあるのは、紲を見つめたかもしれない瞳《ひとみ》、紲に触れたかもしれない手――。自分と同じ香りを放ちながら、紲に何を伝え、何をしたのか……訊《き》くのも想像するのも躊躇《ためら》われたが、すべてを知りたい想いがあった。

「紲を連れてきたのか？　今どうしている？」

「あの淫魔《いんま》は私がもらい受けます。私は貴方《あなた》の後継者《こうけいしゃ》ですから」

「――っ」

「義母上の許しを得て、オッドアイの淫魔を正式に番にすることにしました。結縁式《けちえんしき》と祝《いわ》いの宴《うたげ》に多くの貴族を集めることになっています。式は明後日《あさって》――大広間で執《と》り行います。父上が参列することはできませんが、鐘《かね》が鳴ったら祝福《しゅくふく》してください」

鉄格子の向こうに居るノアは、抑揚《よくよう》をつけずに言い放つ。

まるで台本でも読んでいるかのような話しかただったが、感情は瞳を通じて流れ込んできた。平静に見せかけながらも、何かしら迷《まよ》いがあるのがわかる。或《ある》いは罪悪感《ざいあくかん》かもしれない。

それらがもし、実の父親の恋人を奪《うば》うことに対するものであるなら、揺れる心に踏み込んで正しい選択をさせたかった。下手をすれば紲や自分だけではなく、ノアまで痛みを抱えて苦しむことになってしまう。

「ノア、私から何を奪っても構わない。お前にになら喜んで差しだそう。だが紲だけは渡せない。番は元の主《あるじ》の物であり、紲は私にとって生きる理由も同然だ」

「いいえ、父上の番ではありません。あの者は李蒼真《リーツァンヂェン》の番であって、一度として貴方《あなた》の番にはなっていません。縦《よ》しんば貴方の物だとしても関係ない。すべての魔族は義母上の物ですから、許しを得た私が番にしたところで、文句を言われる筋合《すじあ》いではありません」

「……っ、お前は何もかも手に入れてきたはずだ。私を何も持たない男だと憐《あわ》れんでもいい。蔑《さげす》んでも構わない。紲だけは奪わないでくれっ、決して手を出さないでくれ！」

冷静に、冷静にと自分に言い聞かせても無理だった。次第にノアが略奪者《りゃくだつしゃ》に見えてくる。

新貴族とその眷属が止めに入り、ルイは鉄格子の向こうから槍を突きつけられた。

それでも一歩も引かず、刺される覚悟でノアに想いを伝えようとする。

「ノア……ッ、何があっても絶対に、紲には手を出すな」

「あれは淫魔です。私に手を出されたからといってどうなるというのですか？」

「紲は、お前が思うような普通の淫魔ではない。一途《いちず》でとても貞淑《ていしゅく》だ」

「何を仰《おっしゃ》るかと思えば……貞淑なわけがないでしょう？　本当に貞淑だったら、貴方と離れて十九年も生きていられるわけがない。獣人《じゅうじん》の精《せい》を啜《すす》って浅ましく生きてきたのは事実です」

「違う！　それは我々が人の生き血を欲するのと変わらない話だ。見ず知らずの人間の首筋《くびすじ》を吸《す》うことを、お前は淫《みだ》らだとも浅ましいとも思わないだろう？　それと同じことだっ。食餌《しょくじ》をしたからといって紲を責めることなど誰にもできない。浅ましいなどと二度と口にするな！」

「――っ」

怯《ひる》むノアを睨《にら》み据《す》えながら、ルイは胸の内で、「どうか、どうか頼む」と繰り返していた。

ノアの番になることで紲の安全が保障されるなら、今は仕方がないと思っている部分はある。もしノアが蒼真のように紲を守ってくれるなら、しばし任せることもできるだろう。けれどノアは蒼真とは違う。女王を崇拝《すうはい》し、慕《した》っているうえに、紲に欲心を抱いているのは明らかだ。凌辱《りょうじょく》されることを人一倍恐《おそ》れている紲にとって、欲望を向けてくる男は脅威《きょうい》になる。たとえ同じ姿でも、自分以外の男を紲が受け入れることは決してない。

「お前に何をどう言えば理解してもらえるのか、相応《ふさわ》しい言葉が見つからない。私は、お前に頼むことしかできない立場だ」

「たかがオッドアイの淫魔のために、誇《ほこ》り高《たか》いスーラ一族の元当主ともあろう御方《おかた》が、そんな情けないことを仰らないでください。あの淫魔のせいで我が一族がどれだけ衰退《すいたい》したか父上はわかっているのですか？　私の代になってようやく、再び貴《とうと》ばれる一族に戻れたのです。私は父上と違って遊びは遊びと割り切れますから、淫魔を番にしても義務を疎《おろそ》かにはしませんし、これからもスーラ一族は安泰《あんたい》でしょう。どうか何もご心配なく」

「ノア……」

「それに何より……私と同じ姿で、これ以上醜態《しゅうたい》を晒《さら》すのはやめていただきたいっ」

「お前の目に見苦しく映っても、私には誇れる想いがある……信じられる愛がある。お前にもいつかわかるだろう。地に這《は》いつくばってでも守りたい者ができた時、ありとあらゆるものがそれまでとは違って見えるはずだっ。お前の人生は輝きに満ちて、真に誇れるものになる！」

三年以上も言葉を交わしていなかった息子に、ルイは思いの丈《たけ》をぶつけた。

それが届いたのかどうか、今はまだわからない。いつまでも顔を見合わせていることはできなかった。新貴族の手によって鉄扉が下ろされ、雷鳴《らいめい》に似た音が頭上から響《ひび》いてくる。

使役悪魔達が、牢に突き入れていた槍を引いた。

鉄扉は天井から真下に向かって下がり、鉄格子の手前を少しずつ塞《ふさ》いでいく。

繋《つな》がっていた親子の視線を、今にも断とうとしていた。

あとわずかという所で、ノアが唇を開くのが見える。深く早く、息を吸い込んでいた。

「あの淫魔が貴方の人生をそこまで大きく変えたというなら、私はなおさらあれが欲しい」

「――ノア……ッ！」

「紲を、番にします」

黒い重金属の壁《かべ》に隔《へだ》たれ、ノアの顔が見えなくなる。

ずしん……と、今度は足下から地鳴りのような音が立った。振動も伝わってくる。

蟻一匹《ありいっぴき》入れないほど完全に閉じられて、声はもう届かない。

――ノア……！

ルイは鉄格子を握《にぎ》ったまま、冷たいそれに額《ひたい》を寄せた。

厚い壁に阻《はば》まれたところで、ノアの魔力は感じられる。彼はまだ同じ場所に立っていた。

少しは伝わっただろうか、考え直してくれるだろうか……早世《そうせい》する父親に対する憐れみでもなんでもいい——本当に、理由はなんでも構わないから、この願いを聞き入れて欲しい。

紬に出逢い、恋に落ちた瞬間、それまで大切だと思い込まされていたものが急にくだらないものに成り下がって、目にも留めなかったものがきらきらと輝いて見えるようになった。

価値観が大きく変わり、物事の価値を己《おのれ》の尺度《しゃくど》で決められるようになって初めて、自分が自分になったのだ。いつかきっとノアにもそういう相手が現われて、彼は彼になるだろう。だが、その相手は紬ではない——。

「ノア……」

程なくして、ノアが遠ざかって行くのがわかった。

あとはもう、彼を信じて祈るしかない。

問題はここから先の話だ——。

ルイは小さなランプが灯った牢の中で、床をじっと見下ろす。ホーネット城は迷路《めいろ》のように入り組んでおり、ここが何階なのか正確にはわからなかったが、女王の部屋の一つに隣接している以上、おそらく最上階だと思われる。実際、上から魔力を感じたことは一度もなかった。

——この城に……この下に紬が居る……。

ルイは床に膝《ひざ》をつき、絹《きぬ》の絨毯《じゅうたん》に掌《てのひら》を当てる。

無理は承知のうえで意識を集中させ、紲の魔力を探ってみた。

女王の結界《けっかい》内では力を著《いちじる》しく制御《せいぎょ》されるため、牢の周辺に居る者の魔力しか感じられない。しかも紲は貴族よりも魔力が弱く、いくら集中したところで何も見つからなかった。

それでもルイの胸は、じわじわと熱くなっていく。紲は今、この城に居るのだ。

ノアをノアだと認識しているのか、それとも自分と見分けがつかずに騙《だま》されたままなのか、最初から力尽《ちからづ》くで攫われたのか――そして今どういう心境でいるのか……何もわからないが、ノアの番として扱《あつか》われているなら、それなりの待遇《たいぐう》を受けているはずだ。

紲が生きて、無事な姿で近くに居る。そう思うだけで力が漲《みなぎ》ってきた。

――結縁式は明後日……大広間に多くの貴族が集められるなら、女王は会合の時同様に完全結界を張り直すはず。城の上階だけではなく、城全体に……。

ルイは絨毯に指を埋《うず》めながら、唇《くちびる》を引き結ぶ。

管理区域別の定期会合の時だけではなく、これまでにも何度か、女王の気に入りの新貴族が大広間で結縁式を挙げたことがあった。

そういった場合、女王は城全体に完全結界を張り巡《めぐ》らすが、広範囲に張れば必然的に強度は下がる。この牢を擁《よう》する上層階だけに、単独の強い結界を張り続けることはできないのだ。

つまり式当日は、ルイの行動可能範囲《はんい》がホーネット城全体になると考えて間違いなかった。

ノアとは魔力のパターンが一致しているため、ノアが許されている範囲ならルイも動ける。

この牢から出ることができれば、城からも出られる可能性が高いということだ。

寿命を判定できる純血種以外には見分けなどつかないのだし、式が終わってから紲を奪還《だっかん》し、ノアの振りをして堂々と出て行けばいい。

——問題はこの鉄格子だけ……壊《こわ》しようがないが、開けさせることさえできれば……。

ルイは紲に自力で会うために、様々な方法を模索《もさく》する。

鉄格子は強化金属で出来ていて、いくらルイでも力業は通用しない。

見張りの新貴族をどうにかして、外側から開けさせるしかなかった。

今夜居た赤毛の新貴族はエルヴェの代理なので、明後日も居るかどうかはわからない。この牢から脱出できるか否か——それは見張りの新貴族次第、つまりは運任せとも言える。

神など存在しないとわかっているが、今は人間のように祈りたかった。

純血種の我が子を巻き込まないためにも、どうか一度だけチャンスを——。

紲を連れて、自力でこの城から逃げだしたい。こんな所に死ぬまで捕らえられるくらいなら、再び逃亡者となって、十九年前の続きを始めよう——。

格子の前に下ろされた鉄扉は、それから五十時間経《た》っても開かれることはなかった。

ルイにとっては絶望《ぜつぼう》を意味する。紲を連れて逃げるために非道《ひどう》に徹《てっ》する覚悟はできていて、エルヴェのように隙《すき》のある新貴族が見張りにつくことを祈り続けていたが、これではどうにもできない。それどころか、ノアに話しかけた罰《ばつ》として一日二度の食餌も与えられなかった。

最後に生き血を吸ってから二日以上が経過しており、このままでは仮に逃げられたとしても体力が尽きかねない。牢内には水とワインだけはあるが、吸血鬼《きゅうけつき》の飢《う》えや渇《かわ》きを満たすことはできなかった。自分でも嫌になるくらい食欲に囚われている。

仕方なく手首を傷つけてグラスに血を取り、吸血鬼に変容してから飲んでみたが、一時的に潤《うるお》うだけで、自分の血液では養分はほとんど摂《と》れなかった。時間が経てばすぐにまた喉《のど》が渇き、血のことで頭がいっぱいになってしまう。

──結縁式が終わるまで私を閉じ込め、兵糧《ひょうろう》攻《ぜ》めにする気か？

女王の結界が大きく広がっていることを感じながら、ルイは時計を確認した。

時刻は午後九時になっている。鐘の音は聞こえてこないが、結縁式の開始が近いか、すでに始まっているのは間違いない。

女王の結界が城全域に広がったことで、ルイは多くの魔力を感じられるようになった。

普段は上層階の一部分にのみ強固《きょうこ》な完全結界が張られているが、今は広範囲に亘《わた》っている分、魔力を抑制する力が弱まっている。

この分なら多少の術は使えそうな気がした。人間の血液を摂取すれば……の話だが──。

大勢居過ぎて判別はできないものの、大広間に集まっている悪魔の大半は新貴族だ。

そこに古代種の貴族である吸血鬼や淫魔、多種多様な獣人、さらには海獣《かいじゅう》や魚に変容できる海獣人《マーメイド》と呼ばれる両生種族、生涯《しょうがい》少年の姿のまま生きる天才彫金師《ちょうきんし》集団──ダークエルフまで交ざっている。教会の掟《おきて》に従い、城内では誰もが人間に変容していた。

──貴族だけで四百……いや、それ以上……。

ルイは今夜もまた絨毯に膝をつき、瞼《まぶた》を閉じて意識を階下に集中させた。油断すると人間の皮膚や血管を食い破《やぶ》ることばかり考えてしまうが、自分の手首を甘嚙《あまが》みして気を落ち着ける。

紲を探そうと何度も試みて、失敗する度に重たい息をついた。大広間に居るのは貴族ばかりだと思われるが、彼らは城内に使役悪魔を連れてきている。魔力は強弱入り乱れていた。しかも貴族淫魔まで参列しているため、ここから紲の魔力だけを拾い上げるのは不可能だ。特に邪魔《じゃま》なのは女王の力で、圧倒的な威力が階下にあるのがわかる。

この牢を抜けだして大広間に行き、紲に会いたい……そして連れて逃げたい──いくらそう思ったところで、今のルイにはどうしようもなかった。このままでは結縁式が終わってしまい、脱出のチャンスを失うとわかっていても、本当に手の施《ほどこ》しようがないのだ。

──この機会を逃《のが》したら、紲はノアに……。

ルイは床に敷かれた絨毯に膝を埋めたまま、ぎりぎりと歯を食い縛《くしば》った。

こんな所に何日も留まってはいられない。日が経てば紲をノアに奪われてしまうだろう。

精液を摂取しなければ生きていけない紲は、望むと望まざるとにかかわらず、ノアの精液を求めるはずだ。その渇望《かつぼう》が、血に飢えた今のルイには嫌というほどわかった。

「！」

気持ちを落ち着けるために、もう一度自分の血を飲もうかと思った矢先、雷鳴のような音が聞こえてくる。五十時間前に聞いた音と似ていた。格子の向こうの鉄扉が上がって行く音だ。

床に膝をついていたルイは、足下から差し込む灯りに目を瞠《みは》る。

まだ式は終わっていないはずなのに、誰が鉄扉を上げたのか——俄《にわか》に希望を感じるが、扉の向こうに居るのは見張りの新貴族だ。積極的に自分の味方をしてくれるとは思えない。

彼らは一人残らず女王の血族であり、魔力のパターンが似ているので判別は難しかった。

新貴族が一人居るということは分かっても、誰なのか推測《すいそく》すらできない。

「よう、久しぶりだな……ルイ」

吉《きち》と出るか凶《きょう》と出るか、緊張《きんちょう》しながら相手の足を見ていたルイは、男の顔を確認するために腰を低めたりはしなかった。鉄扉はじれったい上がりかたをして、まだ顔は見えない。

それでも声でわかった。普通の状態なら極力会いたくない相手だ。

「……ガエル」

見えていた足は大層大きく、下から見上げると息を呑《の》むほど背が高く見える。

ルイも十分に長身だが、ガエルは骨格からして一回り以上大きかった。

統計的に吸血鬼よりも獣人のほうが、筋肉量が多く大柄とされているが、彼は特別だ。

現存する吸血鬼の中で最大の体軀《たいく》を誇り、性格も荒々《あらあら》しく頻繁《ひんぱん》にトラブルを起こしている。

獰猛《どうもう》な獣をそのまま人の形にしたような体つきで、態度も粗野《そや》で品がなく、ルイがもっとも嫌うタイプの新貴族だった。

「——ッ！」

鉄扉が上がり切る寸前、ガエルは手にしていた槍を振り下ろす。

本来は見張りの使役悪魔が持っているはずの物を二本手にして、牢の床を力いっぱい突いた。耳が痺《しび》れるような破壊音《はかいおん》が響き、絹の絨毯ごと床が壊れる。ルイは後方に跳《と》んで避《さ》けたが、すぐさまもう一本の槍を向けられた。

「ガエルッ、どういうつもりだ！」

「貴様、俺の弟を殺《や》っただろう！　貴様にもエルヴェの苦しみを味わわせてやる！」

怒髪天《どはつてん》を衝《つ》くガエルを眇《すが》めながら、ルイは槍を避ける。鋭《するど》い切《き》っ先《さき》は壁面に向かった。取り換えられたばかりの鏡が割れて、中央を貫《つらぬ》いた槍は再び鉄格子の向こうに戻って行く。そしてまたすぐに向かってきた。ドゴオォッ！　と音を立てては、床に穴を開ける。しかし牢内には奥行きがあるため、ガエルが槍を投げ捨てない限り避けるのは簡単だった。

「エルヴェを殺したのは女王だ。私がお前に報復《ほうふく》される謂《いわ》れはない」

「お前が殺したも同然だ！　心配しなくても何も殺そうってわけじゃないぜ！　貴様は母上の大事な情夫だからな、ただ痛めつけるだけだ！　殺してくださいと俺に泣いて縋《すが》るまで、繰《く》り返《かえ》し貫いてやる！」

ガエルは血走った目をして怒鳴ると、まるで野獣《やじゅう》のように吼《ほ》えた。

人の声とは思えない声量で振動を発しながら、槍を高々と振り上げる。肉体を見せびらかす露出度《ろしゅつど》の高い服を着ており、筋肉の塊《かたまり》の腕や首に、血管がメキメキと盛り上がっていた。

「食らえ！　エルヴェの痛み!!」

槍はガエルの肩の後方に引かれ、勢いをつけて放たれる。

鉄格子の間を正確に抜けて、衝立《ついたて》やベッドの先に退避したルイに向かった。優れた動体視力が軌道《きどう》を読み、ルイは少ない動作で槍を避ける。こんな物でどうこうされるルイではなく、さらにもう一本投げられてもなんら動じることはなかった。ただ単に、牢内が滅茶苦茶《めちゃくちゃ》になっただけだ。

──これは……チャンスだ。運命に祈り続けた私に、幸運の女神が微笑んでくれた──。硝子《ガラス》張りの浴室には、粉砕《ふんさい》された硝子が飛び散っている。衝立には穴が開き、ルイの背後の壁に突き刺さった槍が、ビィインと弦楽器《げんがっき》のような音を立てた。

「そうだ……私が殺したも同然だ」

牢の中に響く破壊音の中で、ルイはこの好機に縋る。

飢餓感《きがかん》や急な攻撃で冷静さを欠いてしまったが、見張りが誰になるかによって対応を変えるべく、予《あらかじ》めいくつかのパターンを考えていた。誘惑《ゆうわく》できそうな相手なら誘惑し、その見込みがない場合は狂言自殺《きょうげんじさつ》をするつもりだったのだ。見張りの最大の役目は、ルイの自傷行為を防ぐことであり、慌《あわ》てて牢の鍵《かぎ》を外《はず》して飛び込んでくる可能性が高いと思っていた。

「エルヴェは私が殺したも同然だ。私が慰《なぐさ》み者《もの》にしたせいで、女王に抹殺《まっさつ》された」

もうひとつ、ルイは相手を怒らせることも考えていた。

新貴族の大半は自分を嫌っているうえに、強い古代種に対して劣等感《れっとうかん》を抱く者も多い。刺激して怒らせて、私刑《しけい》のために牢に飛び込ませる。異父弟のエルヴェを愛人にしていたガエルが相手なら、その方法が一番いい。何しろ彼は、最初から怒り狂《いかくる》っているのだから。

「慰み者だと⁉　貴様っ、下級淫魔にうつつを抜かしたうえに、弟に手を出したのか⁉」

「お前に文句を言われる筋合いじゃない。エルヴェは元々私のことを恋《こ》い慕《した》っていた。血族ではないことを嘆《なげ》き、お前のような無骨《ぶこつ》な男に無理やり抱かれることに苦しんでいたのだ」

「なんだとっ、貴様……っ！」

ルイは牢の最奥に立ったまま、口角を意図的に上げて嘲笑《ちょうしょう》を浮かべる。表情や目に、有《あ》らん限りの侮蔑《ぶべつ》を籠《こ》めた。エルヴェを弄《もてあそ》び、その死をなんとも思っていない振りをする。

「これは本当のことだ。エルヴェはお前が大嫌いだった。エルヴェだけじゃない。お前に手を出された新貴族は皆、お前のことを嫌っていた。汗臭《あせくさ》く饐《す》えた性質《たち》の悪い薔薇《ばら》の臭《にお》いがする男に抱かれて、どんなに不快《ふかい》な思いをしていたか……知らないのはお前だけだ」

「貴様っ、よくも……っ、よくも俺を愚弄《ぐろう》したな！」

これでいい――下品な馬鹿は大嫌いだが、今は大歓迎《だいかんげい》だ。喜んで迎えてやる。

鉄格子の横の壁に埋め込まれた電子パネルを荒々しく操作して、ガエルは牢の施錠《せじょう》を解《と》く。

ガチャガチャと金属音を立てながら、扉を開けて中に入ってきた。

この扉自体は食餌や清掃《せいそう》の度に開かれるが、普段のルイは無理に出ようとはしない。

日本に居る紲を、人質《ひとじち》に取られているも同然だったからだ。しかし今夜は状況が違う。

女王の結界が城全体に広がって抑止力《よくしりょく》が弱まっているうえに、この城に紲が居るのだ。

ルイの行く手を阻む物は格子と鉄扉しかなく――絶対に開けてはならないその二つを、愚《おろ》か者《もの》が開けてくれた。

「俺は昔からそのツラが大嫌いだったたっ！　最近じゃお前の息子が王子気取りで俺を顎《あご》で使いやがる。たかが養子の分際で実子の俺を差し置いてだ！」

唾《つば》を飛ばしながら牢の奥に向かってくる大男は、まさに野獣《やじゅう》そのものだ。

穴の開いた衝立を薙《な》ぎ倒《たお》し、美しい猫脚《ねこあし》の椅子を蹴《け》り飛ばして迫《せま》ってくる。

吸血鬼同士で、魔力が制限された環境下《かんきょうか》であるなら、自分のほうが強いと信じて疑わないのだろう。その表情は、憤怒《ふんど》の中にありながらも驕《おご》りに満ちていた。

「しかしまあ、ツラがいいのは認めてやるよ。貴様に男の屈辱《くつじょく》ってやつを教えてやろうか!?　閉じ込められて鑑賞物《かんしょうぶつ》にされるのも、ジュークボックス扱《あつか》いされるのも、全然大したことじゃなかったと思い知らせてやる。俺のオンナになって、そのまま女貴族になっちまえ！　母上が嫉妬《しっと》するほどの美女になるぜ。そうなりゃ容赦《ようしゃ》なく八《や》つ裂《ざ》きだ！」

目の前に来て怒号《どごう》を上げたかと思うと哄笑《こうしょう》するガエルを、ルイは静かに見上げていた。

女王が今夜ガエルをここに配置した理由は、考えるまでもなくわかる。万《まん》が一《いち》の場合に備え、肉弾戦《にくだんせん》に強い新貴族を控《ひか》えさせておくほうがいいからだ。

──エルヴェとガエルの関係を知らないのか……ガエルの性格を考えれば当然推察《すいさつ》できるであろう展開が読めないのか……つくづくあの女らしい、愚かで無神経《むしんけい》な人選だ──。

ガエルはルイの目の前まで来て、いきなりシャツの襟元《えりもと》を摑《つか》んできた。

避けるのは簡単だったが、ルイはあえて逃げずにされるがままになる。

シルクのシャツはいとも簡単に引き裂かれ、ボタンが音を立てて弾《はじ》け飛んだ。

「エルヴェは俺の一番の気に入りだった！　それを……っ、貴様が垂《た》らし込んで殺したんだ！　ツラだけで伸《の》し上《あ》がった情夫風情《じょうふふぜい》がっ、親子揃《そろ》ってデカいツラしてんじゃねぇ!!」

大きな拳《こぶし》が勢いよく振り上げられた瞬間、ルイは吸血鬼に変容する。

動体視力がさらに上がり、振り下ろされる拳がスローモーションのように見えた。確かに、単純な腕力だけなら劣《おと》るかもしれない。しかしルイは古代種の吸血鬼だ。代々継承されてきた体は、多様な面で新貴族を上回る。敏捷性《びんしょうせい》も、そして毒の強さも——。

「……ッ、グ、ア……！」

拳が顔に直撃《ちょくげき》する寸前、ルイは後方に退くことなくガエルに迫《せま》り、その懐《ふところ》に入る。空振《からぶ》りになった彼の拳を後ろ手で摑み、そのまま首筋に向かって牙《きば》を立てた。

管牙《かんが》から毒を……同じ吸血鬼でも、新貴族とは比べ物にならない猛毒《もうどく》を出しながら、ルイはガエルの首に食らいつく。飢《う》えれば飢《う》えるほど毒は溜まり、濃度は十分過ぎるほどだった。

驕り高ぶった愚か者の血は不味《まず》い。だが贅沢《ぜいたく》は言っていられない。

果たして生かしてやれるかどうか、ルイ自身にもわからなかった。

飢えた吸血鬼の前に、たっぷりと血の詰まった血管をちらつかせるほうが悪いのだ——。


牢を飛びだしたルイは、隣室に控えていたガエルの眷属一名に威令《いれい》をかけて操《あやつ》った。もう一人は鳩尾《みぞおち》を殴《なぐ》って気絶《きぜつ》させ、瀕死《ひんし》のガエルと共に牢に放り込んでおいた。

今の状態で使える魔力は威令くらいのものだが、体力的な問題は解消している。

迷路《めいろ》のように入り組んだ城内は、所々鍵がないと進めない造りになっていて、一人で階下に下りるのは不可能だった。下がっても再び上がらねばならない立体迷路構造は、腹が立つほど複雑だ。日によって通れる通路も変わってくる。

ガエルの眷属は時折《ときおり》もたもたと動いて抵抗を見せたが、ルイが『その扉を開けろ――』と威令をかけ直すと再び速《すみ》やかに動きだした。主のガエルにとって著《いちじる》しく不利益《ふりえき》なことを命じれば無効になるが、扉を一つ開けることが直接的に不利益になるわけではないため、何度も何度も繰り返すうちに抵抗は薄れていった。しまいにはルイと共に階段を駆け下りるまでになる。

――紲……っ、紲……！

最上階から下へ下へと進むうちに、ルイは淫魔の魔力を強く感じられるようになった。

それは貴族淫魔のものであって紲のものではなかったが、近い波動に興奮《こうふん》を禁じ得ない。

大広間にもっと近づければ、紲の魔力も感じられるはずだ。

その時が待ち遠しくて堪《たま》らず、ルイは吹き抜けに差しかかるなり踊《おど》り場《ば》から飛び降りた。

手摺《てすり》を飛び越えて着地した先から、一瞬たりとも止まらずに先を急ぐ。

案内がなくてもわかる地点まで来ると、次第に頬《ほお》が緩《ゆる》んできた。やっと会える。紲の可愛《かわい》い笑顔を見て、声を聞き、蜜林檎《みつりんご》の香りを嗅《か》げる――そう思うと、歓喜で頭がいっぱいになった。

ガエルのことをとやかく言えないくらい、衝動《しょうどう》に走って計算が働かなくなってしまう。

――紲……っ！

祝福の鐘はまだ鳴らず、頭のどこかでは、まだ駄目だ、まだ早いと自制していた。結縁式が終わって参列者が帰る頃を見計らい、ノアの振りをして密かに紲を奪い返すべきだ。そう思っているのに体が止まらない。服装にしても同じだった。着替える余裕があったはずなのに、ボタンが取れて血のついたシャツのまま飛びだして来てしまった。

ただ会いたくて会いたくて、全細胞《ぜんさいぼう》が紲に向かって動いている——。

ハニカム構造の城内を駆け抜けたルイは、階段の上から大広間の入口を見下ろした。正六角形の巨大な空間は、手前の三面に扉、奥に玉座《ぎょくざ》という構造になっている。どの扉の前にも新貴族や武装した使役悪魔が立っているが、ルイは最後の階段を真っ直ぐに駆け下りた。

式の主役であるノアと見間違えるわけもなく、だがルイを殺すわけにもいかない彼らは一瞬躊躇《ためら》いながら槍を向けてくる。銃《じゅう》を持つ者も居た。

「退けっ！」

止まれと言われ、撃《う》つぞと脅《おど》された。けれど止まれるわけがない。

彼らの後ろにある正面扉の向こうには、紲が居るはずだ。今この瞬間、どんな想いでノアの前に居るのだろう。ノアの番になるという誓《ちか》いの言葉を女王の前で言わされて、誓いの指輪を贈られているのだろうか——。

「スーラ様っ、いけません！」

「邪魔《じゃま》をするな！」

新貴族が集団で襲いかかって来る。止まってくださいと頼む者もいれば、止まれと威圧的に命じてくる者もいる。

それらを区別する余裕などなく、ルイは手刀を振るい、果ては全員纏《まと》めて蹴散《けち》らした。

手も膝も足首も壊れたように痛み、いつの間にか脇腹《わきばら》と背中に槍を食らっていたが、構わず扉に触れる。

立ち塞がる白石の扉には、薔薇の彫刻《ちょうこく》が施《ほどこ》されていた。身長の六倍以上はある。

紲と自分を隔《へだ》てる最後の扉――これさえ開けば、紲の姿が見えるはずだ。

ルイは真鍮《しんちゅう》の把手《とって》の冷たさを感じながら、ぐっと強く握り締めて押した。圧縮《あっしゅく》された空気が抜ける音がする。そして巨大な蝶番《ちょうつがい》が軋《きし》んだ。一歩、二歩と夢中で進むと、体の中に埋《う》まっていた槍の先がずるりと抜ける。感触はあったが、不思議《ふしぎ》なほど痛みを感じなかった。

「紲っ！」

純白《じゅんぱく》の大理石の床に敷《し》かれたアイルランナーは血のように赤い絨毯で、真っ直ぐに玉座まで伸びている。長さがあったが幅も広く、ルイの視界を遮《さえぎ》る物は何もなかった。

油断したら涙《なみだ》で濡《ぬ》れそうな目に、白い衣装に身を包んだ青年の姿が映る。

「紲……っ!!」

黒衣のノアから指輪を差しだされていたその人は、紛《まぎ》れもなく紲だった。

魔族の結縁式でよく用いられる、特殊な形の燕尾服《えんびふく》を着せられている。上着の燕尾の部分は引きずるほど長く広がり、真珠《しんじゅ》をあしらったレースと重なっていた。

それが赤い絨毯の上に数メートルも伸びているおかげで、今にも手が届きそうに見える。

「──ルイッ！」

紲の声が聞こえた。

他にも多くの声が波のように押し寄せてきたが、ルイの耳は紲の声を確かに聞き取る。

大広間の奥には紗《しゃ》の垂《た》れ幕《まく》で隠された女王の玉座、紲の傍《そば》にはノアと祭司《さいし》──そしてアイルランナーの両脇には数百人の貴族悪魔が控えていた。

整然と並べられた椅子に座っていた貴族達が、立ち上がるのが音でわかる。

邪魔をされる前に走り切らなくてはならない。全速力で走れば紲を抱き締められるはずだ。

そう思うのに、何故か速く走れなかった。真っ直ぐ進むことすらできず、ルイは紲から一瞬視線を外す。

「ルイ！　ルイ──ッ!!」

長い長い通路の向こうから、絶叫《ぜっきょう》のような紲の声が聞こえた。

緋絨毯《ひじゅうたん》の上に血溜まりができているのを目にした途端《とたん》、ルイは痛みを感じてしまう。

背中から胸にかけて開いた孔《あな》から、止めどなく血が溢《あふ》れていた。久しぶりに紲に会うというのに、随分《ずいぶん》と見苦しい姿になっている。シャツはボロボロに破《やぶ》れ、体には孔が空《あ》き──ああ、馬鹿なことをしているなと改めて思ったルイは、それでも笑って足を進めた。

──紲……っ！

視界が揺れても、紲の姿はよく見える。

真紅《しんく》の絨毯に白い衣装がよく映《は》えて、とても綺麗《きれい》だった。

もたつく自分の代わりに、紲が走ってきてくれる。

誰もが止めるべきかと迷いながらも、手を出しはしなかった。

王子の番という立場の紲を傷つけられる者はなく、行く手を阻む者もいない。

「ルイッ！」

紲は最後の一歩を蹴るようにして飛びついてくる。本当に目の前に居た。

亜麻色《あまいろ》の瞳を見開いている。可愛くて美しい、最愛の恋人――幻ではない証拠《しょうこ》に、ホワイトフローラルブーケが香る。そして蜜林檎の香りが広がっていく。

「紲……っ」

温かい手が肩に触れ、柔《やわ》らかな頬が耳に押し当てられた。紲が今、この腕の中に居る。

「ルイ……ッ！　ルイッ‼」

「――紲……ああ、やっと……」

ルイは両腕をしっかりと紲の背中に回し、誰にも引き剥《は》がされないよう自らの腕を握った。

まるでロックをするように、強く強く囲い込む。

しかし紲の勢いに負けて、がくりと膝を折ってしまった。紲を抱いたまま仰向《あおむ》けに倒れると、肩が絨毯の上に沈む。甘い林檎の香る涙が、雨のように降ってきた。

「……紲……」

「ルイ……ッ、ルイ……」

それしか言えないような紲が、愛しくて堪《たま》らなかった。

幸せそうに笑っていて欲しかったのに、泣かせるばかりの自分が情けない。でも嬉《うれ》しくて、本当に嬉しくて……苦痛に顔を歪《ゆが》める暇《ひま》もなかった。紲の涙を浴びる頬は持ち上がり、唇には笑みが浮かぶ。

「――紲……お前に会いたかった……会って謝りたかった。――元気に、しているのか？」

子供という言葉は濁《にご》して、ルイは紲に微笑《ほほえ》みかける。

触れたかった亜麻色の髪も、滑《なめ》らかな肌も、柔らかな唇も、手を伸ばせば届く所にあった。今すぐ触りたい。頬を撫《な》で、キスをしたい。けれどその願望を抑え込んで、ルイは紲の体を抱き締め続けた。これから何が起きても決して離れ離れにならないように、腕に力を籠《こ》める。

「……っ、凄《すご》く……元気だ……」

紲は泣きながら笑って身を伏せた。

夢にまで見た唇が触れる。微笑みを絶やさなかったルイの唇に、同じように微笑む紲の唇が触れて、一つになる。体もぴたりと張りつき、高鳴る心音が行き交った。

子供が無事に産まれ、元気に生きていることもわかった。なんて幸福で、温かいのだろう。

――紲……私はまだ、お前を本当に幸せにはしていない……それなのに、こんなに幸せだと思ってしまう。お前と一緒なら、本当に……それだけで……。

造血能力が出血量に追いつかず、体から力が抜けていく。もうすぐ自分は死ぬのだろうか。

血に浸《ひた》る背中は冷たく、胸は熱い。唇も、優しいのにとても熱くて、忍《しの》ぶ舌が甘かった。

「父上……っ！　父上！」

ざわめきは止むことがなく、そこにノアの声と足音が割って入る。

見なくてもすぐ傍に来ているのがわかった。

紲は顔を上げ、「ノア……」と呟《つぶや》く。救いを求めるような声だ。

ルイは紲とノアの顔を見ようとしたが、どうしても瞼が上がらない。

「輸血を、私の血で……っ、貴方を失うわけにはいかないんです！」

感情的なノアの声を耳にし、ルイはもう一度目を開けようとする。

愛する二人の顔が見たくて仕方なかった。しかし瞼が痙攣《けいれん》し、震《ふる》える睫毛《まつげ》で視界が霞《かす》む。

それでも何度か瞬《まばた》きすると、ようやく紲の顔が見えてきた。

「紲……」

「ルイッ……駄目《だめ》だ……やっぱり駄目だ！　会えたら一緒に死んでもいいって思ってたけど、そんなの駄目だ……っ、まだ一緒に生きていたい！　お前に話したいことも見せたい物もたくさんあるんだ！　ちゃんと生きて、俺と一緒に居てくれ……っ！」

紲はルイの胸の傷を押さえながら、ノアに向かって「早くっ!!」と叫んだ。

ノアが紲に気圧《けお》されるのが、流れる空気で感じられる。

急いで隣に跪《ひざまず》いたノアは、左手首を押し当ててきた。ルイの両手は紲の腰に回っていたが、腕の輪に手首を捩《ね》じ込むようにして脈《みゃく》を重ねてくる。

――紲が……私に生きろと言った……あんなに死にたいと言っていた紲が……子供を産ん

で、強くなったのだろうか……紲は子供の前で、どんなふうに笑うのだろう……。

強くなった紲と、もう一度一緒に生きてみたい。親の顔を持つ新しい紲を知りたい。

このまま死んでもいいくらい幸せな気分なのに……紲と共に生きる日々を想像すると、生に執着《しゅうちゃく》せずにはいられなくなる。

――……ノアの血が、巡る……私の力が……。

果てなき欲求に気づいた時にはもう、これ以上ないほど体に適した血が流れ込んでいた。命そのものに感じられる、自分と同じ血だ。

ルイの視界は徐々に明瞭《めいりょう》になっていく。左手から心臓にかけて、力が漲《みなぎ》るのがわかった。自分自身で造血しているかのように、自然に傷が塞がる。

誰かが、「陛下！」と声を上げた。裁定《さいてい》を仰《あお》ぐための声だ。ざわめきは静まり返り、誰もが女王の命令を待った。女王の愛人と、溺愛《できあい》している養子、その番――三人が一塊《ひとかたまり》になっている今、誰も勝手に手を出すことはできない。しかしそれも間もなく終わるだろう。

冷たいあの女の声で、今にも「殺せ」と聞こえてきそうで……覚悟を決めるために先んじて幻聴《げんちょう》が響く。「殺せ」「殺せ」と……聞きたくない言葉が頭の中で勝手に反響《はんきょう》した。

傷がほぼ塞がっても、生きた心地はしない。本当の戦いはこれから始まるのだ。

ノアが輸血を終え、ルイは紲と共に少しずつ体を起こした。

命は繋がったが、これからどうなるかは女王次第。最悪の場合は、ノアを人質に取って城の外に出るしかないだろう。生きて逃げる道はそれ以外に見つからなかった。

「陛下！」

新貴族の誰かが声を張り上げ、再び女王に裁定を仰ぐ。

女王がルイの死を願っていないことは周知の事実で――ルイが回復した今こそ裁定が下るに違いないと、誰もが期待している空気だった。

赤いアイルランナーの先にある階段の上の玉座。菫色《すみれいろ》の紗の向こうに、女王が座している。透《す》けて見えるシルエットが、俄《にわか》に動いた。

「ルイ・エミリアン・ド・スーラを生け捕《いど》りにし、オッドアイの淫魔を殺せ」

最強にして唯一《ゆいいつ》の女の声が響き渡る。続くのは歓声《かんせい》にも似た狂気的《きょうきてき》な声だ。

血を見たい悪魔の本能が唸《うな》りを上げて、整然と並んでいた貴族達が動きだす。

「紲！　私に捕まっていろ！」

「ルイ……ッ」

ルイはノアを人質にはせずに、紲を抱いたまま立ち上がって玉座に背を向けた。

紲が生きていたいと言った。それなら最期の瞬間まで諦めてはならない。

しかし、やはりノアを巻き込んで傷つけることはできなかった。

体は万全ではなかったが、ルイは紲を抱えて走りだす。

正面の扉は開いたままになっていた。槍や銃を携《たずさ》えた貴族や使役悪魔が、バリケードの如《ごと》くずらりと並んで待ち構えている。

「退け……っ!!」

無傷で突破《とっぱ》できる気はしなかった。それでもルイは真っ直ぐに走って行く。

死にさえしなければ、あとでどうにかできる。どれだけ痛みを負ってもいい。

とにかく外へ──最終的に死が避《さ》けられないとしても、一秒でも長く生きて一緒に居たい。

「うああっ、あ……！」

「！」

紲が声を上げ、ルイの腕にぐんっと力がかかった。長く引きずる燕尾服の裾《すそ》を、新貴族達が摑んでいる。油断すれば紲の体ごと腕から抜かれそうだった。

しかしルイが何かするまでもなく、紲は自ら上着を脱《ぬ》ぐ。腰を抱かれたままのきつい姿勢でどうにか脱いで、ルイの首に両手を回した。

そうしている間にも、前方の扉の守りが強固《きょうこ》になる。

応援に駆《か》けつけた新貴族達が幾重《いくえ》にも重なっていた。

後方のアイルランナーも貴族悪魔で埋め尽くされ、ノアは一部の新貴族に連れられて玉座のほうへと戻される。

ルイは片手で紲の体を抱いたまま、逃げる隙《すき》を求めて全方向に視線を向けた。

どこにも隙はなく、そしてどこを見ても殺気が滾っている。狙《ねら》われているのは紲の命だ。

ルイと密着している今ですら風前《ふうぜん》の灯火《ともしび》で──一瞬でも離れたら八つ裂きにされるだろう。

「──ルイ……ッ」

紲は半《なか》ば覚悟したように声を絞《しぼ》りだし、一層《いっそう》強く抱きついてきた。

大挙してくる集団に囲まれながら、ルイは諦めることなく紲の体を抱き直す。

少しでも突破の隙がないかどうか、もう一度周囲に目を凝《こ》らした。

扉は三つあり、正面口以外の二つは閉じているが、警備は手薄《てうす》になっているはずだ。分厚い人垣《ひとがき》を越えてそこまで行けば、扉を開けて逃げられるかもしれない。

「——ッ！」

ところがその時——ルイは謎《なぞ》の破壊音に耳を打たれる。

自らの跳躍力と人垣の厚みを見極《みきわ》めようとしていた時だった。

大広間の外から、パァーンッ!!　と硝子の割れるような音がしたのだ。

大広間の壁や天井は石で出来ているが、それでも聞こえるくらいの音だった。

中ではなく、確かに外からだ。そしてその音がなんであるかを、ルイを含め、その場に居るすべての貴族が察する。

「……結界が……割られた⁉」

ルイが頭の中で思ったことと同じことを、誰かが英語で叫んだ。

そして周囲は騒然《そうぜん》とする。紲を殺すという命令を忘れるくらいの衝撃《しょうげき》だった。

確かに割られたのだ……誰にも破れないはずの女王の完全結界が、外側から何者かによって破壊された。その証拠に、魔力の抑制が外れている。

「……っ、これは……」

「ルイ……ッ、蒼真が……蒼真が近くに居る！」

数百という悪魔が騒ぎだす怒濤《どとう》の中で、紲は天井を見ながら声を上げた。

女王の結界が破られたと同時に蒼真が近づいて来たなら、それは結界を破壊した者と一緒に行動しているということだ。壊せる可能性があるのは、女王と同じ純血種のみ——。

「ルイ……お腹の子、男の子だったんだ。馨香《けいこう》の馨の字で、馨《かおる》って名づけた」

紲は天井を見上げたまま、どこか憂《うれ》いを帯びた顔で笑う。

次の瞬間、天井から下がっていた六つのシャンデリアのすべてが揺れた。

一瞬光が消えて、再び点《つ》いた時にはドゴォォッ‼　と凄《すさ》まじい破壊音がする。

床にまで振動が伝わり、紲が見上げていた辺りが崩《くず》れた。

天井ではなく、その少し下の壁面だったが、金漆喰《きんしっくい》の天井までガラガラと落ちてくる。

同時に、豹《ひょう》の咆哮《ほうこう》が轟《とどろ》いた。

壁に開いた大きな穴から飛び込んできたのは、巨大な豹を抱きかかえた青年だ。蝙蝠《こうもり》の如く、伸縮《しんしゅく》する飛膜《ひまく》を備えた真紅の翼《つばさ》を持ち、バタバタと音を立てながら自在に宙《ちゅう》を飛んでいる。

人間離れしているどころか、悪魔の目で見ても驚くべき形体だが、しかし顔は紲によく似ていた。優しさを残しつつもより雄々しくした顔立ちで、立派な青年に成長している。亜麻色の髪と暗紫色《あんししょく》の瞳——そして獣人系悪魔を彷彿《ほうふつ》とさせる筋肉の持ち主だった。

——あれが……紲と私の息子……ああ、吸血鬼の血が強い……私の血が……っ！

外見よりも種族的な血によって自分との繋がりを感じ、ルイは息をするのも忘れてしまう。

紲の腹の中でトクトクと脈打っていた胎児《たいじ》は、驚《おどろ》くほど大きく成長していた。

言葉など何も出てこない。感慨無量《かんがいむりょう》とは、まさにこのことだと感じ入る。

「紲っ！」

馨はシャンデリアよりも低い位置まで降下すると、紲のほうを向いて豹を放り投げた。

紲は「蒼真っ！」と心配そうな声を上げたが、豹の蒼真は心得た様子で空中回転し、見事に紲とルイの傍に着地する。槍を持って迫っていた輩《やから》に牙を剝《む》いて、激しく吼えて追い払った。

「ルイ……あれが馨だ」

「──っ、紲……よくあんなに立派に育ててくれたな。だが何故《なぜ》だ？　飛行には相当な魔力を使うはずなのに、力がほとんど感じられない。吸血鬼の血が強いのはわかるが……」

ルイは馨から自分に近い種の魔力を感じてはいたが、それが不自然なほど微量であることに驚いていた。

魔力の質からして馨が強大な力を持っているのは間違いない。けれど本当に微々《びび》たる力しか漏《も》れていないのだ。

自らの血液を翼に変えて飛ぶことも、分厚い石壁に激突《げきとつ》しても傷を負わないほど体を硬質化《こうしつか》させることも、純血種でなければできない。しかし純血種であっても多大な魔力を使うはずだ。

『アイツは生まれつき結界の張りかたが特殊なんだ。魔力を使う最中も全身を結界で覆ってる。地上に天敵《てんてき》がいなかった女王とは違って、生存本能がそうさせたんだろ』

「馨が結界を完全に外したところは、俺も蒼真も見たことがないんだ。卵《たまご》の時からずっと」

ルイは頭の中で蒼真の声を聞き、続いて紲の声を耳で聞く。

そうしている間も馨はバサバサと宙を飛んで、玉座の前に着地しようとしていた。

まるで蜘蛛《くも》の子《こ》を散らすように、貴族悪魔が我先《われさき》にと退いていく。

弱者である紲に牙を剥いていた時とは異なり、戦意を喪失《そうしつ》しているのが目に見えてわかった。

情けない姿だったが、彼らの気持ちはルイにもよくわかる。

自分の子であり、味方だとわかっていてもなお、馨からは薄《うす》ら寒い何かを感じた。

圧倒的な魔力を常に振《ふ》り翳《かざ》している女王を前にした時と、それはとてもよく似ている。

混血悪魔の体の半分を占める被食者の血が、強い捕食者を本能的に恐《おそ》れてしまうのだ。

「──どういうことだ……何故……我以外の純血種が……っ」

女王の声が紗の向こうから聞こえてくる。憤怒と驚愕《きょうがく》に震えていた。

古代種の貴族達は疎か、血族の新貴族でさえ、聞いたことのない声だろう。

大広間の中は一斉《いっせい》に静まり返り、壁の穴の崩落《ほうらく》の音と、馨の翼の音ばかりが響いた。

「世代交代の時が来たってことだろ？　そういう運命なんだよ──バアサン」

フランス語を使う女王に向かって馨は日本語で言うと、アイルランナーの上に舞い降りる。

ただでさえ中央から退避《たいひ》していた貴族達が、ザザッと音を立ててさらに馨から離れた。

ロココスタイルの椅子が次々と倒れ、一部ではドミノ倒しになっている。

「魔力、そんなダダ漏れさせとくと目減《めべ》りしない？　溜めれば溜めるほど増幅《ぞうふく》すんのに、常に見せつけてないと不安なわけ？　アンタ誰も信用してないんだろ？」

馨は階段上の玉座を見上げながら挑発的《ちょうはつてき》な言葉を放ち、着ていたシャツを掴んで破《やぶ》いた。

元々翼の周辺は裂けていたが、上半身が完全に露《あら》わになる。

下はミリタリーパンツに、重そうなコンバットブーツという出《い》で立《た》ちだった。

ベルトの上には蒼真にそっくりな筋肉のつきかたをした体があり、腕にはタトゥー、耳にはピアスを嵌《は》めている。そして肩甲骨《けんこうこつ》の辺りからは、血の翼が広がっていた。

「スーラの血族か……⁉　何故だ、女貴族など、どこにも……っ」

「だから言っただろ？　世代交代の時が来たってことだよ。これでやっと……俺は本当の姿になれる。正直もう限界だったんだ。毎晩毎晩、すげぇイライラしてさ……っ！」

馨が声を上げた途端、剝きだしの肌に黒い斑紋《はんもん》が浮き上がる。

ルイは紲《ふく》と共に息子を見守り、無心で繫いだ手をぎゅっと強く握り合った。

両腕を含む体の大部分が黒ずみながらも、馨の肌には確かに豹の斑紋が見て取れる。そして尾《び》てい骨《こつ》の辺りから、ミリタリーパンツを貫《つらぬ》く形で黒い尾《お》が伸びた。蜥蜴《とかげ》の尻尾《しっぽ》に似た淫魔の尾には違いないが、紲の物よりも太く長い。石の床を打つなり稲妻《いなずま》のような亀裂《きれつ》を入れた。

「……馨……っ」

紲が声を漏らすと同時に、貴族達が悲鳴を上げて逃げ惑《まど》う。

少年の姿をしたダークエルフ達は、一際《ひときわ》高い声を上げながら身を寄せ合って震えていた。

「李の血……淫魔の血も……っ、お前はいったい⁉」

「吸血鬼で、淫魔で、豹だよ。俺はそのすべてだ！」

動揺する女王の声を打ち消すように、馨が答える。

辺り一面に魔力の波が広がっていった。

血の気が引くほどの波動を受けながら、ルイは刮眼《かつもく》する。

──っ、なんて強さだ……これまで一度も感じたことのない力……っ！

爆発的《ばくはつてき》に放出される馨の力は甚《はなは》だしく、押し寄せる空気が身を切るように鋭《するど》く感じられた。

対抗する女王の魔力とぶつかり合うことで、威力はさらに上がっていく。灼熱《しゃくねつ》の溶岩《ようがん》が勢いよく流れてくるような魔力の応酬《おうしゅう》──純血種同士の苛烈《かれつ》な戦いが始まろうとしていた。

「……っ」

腕の中の紲がびくんっと怯《おび》えるのがわかり、ルイは急いで自らの手首を切る。

傷と同じ幅の血の帯を出して、紲と自分の体を決して離れないよう幾重にも縛りつけた。

「ルイッ、血を使って平気なのか？」

「ああ……これくらいなんでもない」

ルイは紲の頭に掌《てのひら》を当て、心音を感じるほど密着しながら馨の背中を見据《みす》える。

純血種同士の戦いに、誰も割って入ることはできなかった。加勢などしようがないのだ。

近づくことさえ危険だとわかる。新貴族にしてもそうだった。女王の力がここまで高まった状態など、誰も見たことがないだろう。

「……っ、そうか、そういうことか、あのオッドアイが……っ、だがこのまま済むと思うな！

純血種は唯一無二《ゆいいつむに》でなければならない！　雑種《ざっしゅ》の小僧《こぞう》がっ、格の違いを知るがいい！」

菫色の紗が暴風《ぼうふう》でも受けたように内側から舞い上がり、黒いドレス姿の女王が姿を見せる。

長い黒髪も魔力によって波打ち、すでに作られていた血の翼から翼爪《よくそう》が伸びた。

「格の違い？　その言葉そっくりそのまま返してやるよ！　雑種がどれくらいのもんか、思い知って跪くのはアンタのほうだ！」

女王と馨は同時に翼を広げ、いきなり宙《ちゅう》で激突《げきとつ》する。

その姿からは想像もつかない轟音《ごうおん》が響いた。一応は人型をしているにもかかわらず、まるで隕石《いんせき》が落ちてきたような衝撃音を放つ。ダイヤモンド並《なみ》に硬い体が、高速で何度も衝突した。

次第に上方から竜巻《たつまき》のような風が起き、一部の悪魔は大広間の外に逃げだす。

しかし脱出が可能だったのは束《つか》の間《ま》だった。馨が壁面上部にぶつかると、その真下にあった正面扉が外れてしまう。彫刻が施された石の扉がずしんと落ちて、横向きに出入口を塞いだ。

「馨！」

紲が叫んだ時にはもう、馨は凹《へこ》んだ壁から抜けだしていた。翼が破れて血に戻り、気化して飛べなくなっていたが、垂れ幕に捕まりながらすぐに新しい血の翼を形成する。

混血悪魔のルイには到底考えられない造血速度だった。しかも全身を硬質化《こうしつか》させているため、怪我《けが》一つ負っていない。

女王は女王で、一度は馨を吹っ飛ばしたものの、いつの間にか広間の中央に降り立っていた。やはり翼が霧散《むさん》しており、ゼイゼイと大きく息をついている。馨と同じく傷を負ってはいなかったが、造血速度は馨よりも劣《おと》っていた。破れたドレスの背中からは、新しい翼がなかなか生えてこない。

「もう終わりかバアサン！　大人しく引退するなら見逃してやってもいいぜ！」

「──っ、ふざけるな小僧っ！　ホーネットは……っ、この地上は我の物だ‼」

女王の髪が舞い上がり、その背に再び翼が生える。

床を舐《な》める魔力が、重力を消し去るほどの風圧を起こした。

「！」

風により、玉座から正面扉まで真っ直ぐに延《の》びていたアイルランナーが波打つ。

はためいて浮き上がり、それを踏んでいたルイ、紲、蒼真の体は、今にも波に持って行かれそうになった。

既《すんで》の所《ところ》で床を蹴って横に逃げると、末端《まったん》が捲《めく》れ上がった絨毯が捩《ね》じれながら襲《おそ》ってくる。

アイルランナーとしては厚みも幅もある絨毯が、今は荒ぶる生き物のようだった。

近くに居た悪魔を次々と薙《な》ぎ倒し、椅子を破壊していく。

「馨……馨……っ！」

紲は状況の読めない空中での戦闘《せんとう》を見守りながら、涙声になっていた。

頭上では火花散る衝突が繰り返され、耳に痛い音と振動が風と共にやって来る。

しかしルイには空中戦を眺《なが》めている余裕はなかった。一度は転がり離れた赤絨毯が、さらに舞い上がって巨大な蛇《へび》のように襲いかかってきたのだ。

「蒼真！　退いていろ！」

ルイは左手で紲を抱きながら右手を振り上げ、蒼真の前に出て血の刃《やいば》を形成する。

渦巻《うずま》いて猛然《もうぜん》と転がってくる絨毯を切り裂き、その暴走をなんとか食い止めた。

そうして改めて空中を見上げると、遥か上にある天井部からシャンデリアが落ちてくるのが見える。女王か馨かわからないが、どちらか、或いは両方が接触したせいだった。落下防止のワイヤーが一本ずつ糸のように切れ、がくんがくんと、段階を経て落ちてくる。

「危ない！」

そう叫んだのは紲だけではなく、大広間の至る所で様々な言語の絶叫が響いていた。

落ちそうなシャンデリアの下から退けばいいというものではない。頭上の戦闘が巻き起こす風圧によって、壊れたシャンデリアからクリスタルが飛んでくるのだ。まるで弾丸《だんがん》のように、斜《なな》め上から視認しにくい色の礫《つぶて》が降ってくる。

「紲っ、顔を伏せていろ！」

ルイは指の付け根から肘《ひじ》までを一気に傷つけ、血の帯の幅を広げて盾《たて》にした。獣化している蒼真ほど素早く避けることはできないが、礫から紲の身を守るには血の盾で十分だ。

『ルイ、紲を頼む。ちょっと友達手伝ってくる』

礫の雨が弱まると、蒼真は頭の中に話しかけてきた。

豹の姿のまま、ごった返す正面扉に向かって走って行く。

見れば蒼真の友人の王煌夜《ワンファンイェ》が、すでに獣化して白い虎《とら》になり、エルフ達を背中に乗せながら大広間の外へ運びだしていた。壊れた扉や壁面が作る瓦礫《がれき》の山を、難儀《なんぎ》しながらも飛び越えている。煌夜《こうや》の体は極めて大きく、少年の姿のエルフを一度に二人も乗せていた。

そこに、豹の蒼真も加わる。豹としては大柄とはいえ、一度に一人が精々だったが、瓦礫を飛び越える速さは虎の煌夜の比ではない。二頭で競うようにして、次々とエルフを救出する。

「ルイ、蒼真が運んでるのは……ダークエルフか？」

空中戦を気にしながらも蒼真に目をやった紲に、ルイは「ああ」とだけ答えた。

吸血種族がもっとも美しく高貴とされているホーネットの中では、獣人は野蛮《やばん》な下等生物、ダークエルフは彫金しか能のない軟弱者《なんじゃくもの》、海獣人は醜悪《しゅうあく》な痴れ者《しもの》、淫魔は下劣《げれつ》な性奴隷《せいどれい》として見下されており、吸血種族が他種族に嫌われるのは当然ながら、他種族間の関係も複雑だった。

そんな中、森林を好むダークエルフと獣人は協力し合うことが多い。金になる物を作れるが夜盗《やとう》に襲われやすい前者と、力は強いが働くのを嫌う後者との関係は、歴史的に良好だった。

他の二つの出入口は新貴族によって封鎖されており、女王を見捨てて逃げることは許さんとばかりに陣取《じんど》る彼らと、古代種の貴族が衝突している。そこでも戦闘が始まっていた。

純血種同士の戦いが長引けば、それだけ被害が拡大するのは目に見えている。

『馨！　さっさとけりをつけろ!!』

エルフを背中に乗せた黄金の豹が、「グオオォォ――ッ！」と雄叫《おたけ》びを上げる。

最強の魔女と戦う我が子に無茶を言うな――とルイは思ったが、馨は蒼真の言葉に呼応して翼を膨張《ぼうちょう》させた。馨の血液で形成されているそれは、二回り近くも大きく、分厚くなる。

そのうえこれまではなかった翼爪を、被膜の先から鋭く伸ばした。まるで恐竜《きょうりゅう》の牙のように太く、女王の翼爪とは比較にならない。

力尽きることのない馨に対し、女王は飛んでいるのもやっとという有様だった。

がくがくと段階ごとに落ちてきたシャンデリアのように、時折落下しそうな動きを見せる。

黒いドレスの裾からは血が滴《したた》り、馨の攻撃を防ぎ切れなくなっているのは明白だ。

これ以上馨と衝突し続けたら、遠からず死に至るだろう――。

「これで終わりだ！　ホーネットは俺がもらう!!」

馨は一際大きく翼を広げ、不安定に飛んでいる女王に向かって言い放つ。

拳を握り、思い切り振り上げた。そしてルイの動体視力でも追いつかない速さで突撃《とつげき》する。

「――ッ！」

勝負は一瞬だった。

女王は完全に力負けして、床に向けて真《ま》っ逆《さか》さまに沈《しず》められる。

ドゴォォ――ッ!!　と鳴る轟音と共に、床が大きく揺れた。誰もがふらつくほどの振動だ。

硬質化したまま落ちた女王の体は、隕石のように床にめり込む。

玉座に続く大理石の階段は壊れ、中央に穴が開いた。

誰も何も言えず、封鎖された扉付近で戦っていた者達も静まり返る。それまでの喧騒《けんそう》が嘘のように静寂《せいじゃく》が空間を支配した。鳴り続けているのは、馨の翼の音だけだ。

――勝った……のか？　女王を、倒した……？

そうであって欲しいと願っていたが、ルイは半信半疑で息を呑み、紺の髪に顎を埋める。

まだ女王の魔力は消えていない。瀕死《ひんし》に近いほど疲弊《ひへい》してはいるが、油断はできなかった。

階段に開いた穴は深く、女王の姿はルイの位置からでは見えない。見ることができるのは、宙を飛んでいる馨だけだろう。或いは馨にも見えないほど深いのかもしれない。

正面扉の近くで、誰かが「女王が負けた……」と口にした。

それをきっかけに怒号と歓声が上がる。再び城が揺れそうな騒ぎだ。

前者は新貴族と古代種の吸血種族、後者はその他の貴族のようだった。

吸血種族ばかりが貴ばれる魔族社会――そして女王の圧政に不満を抱いている者が、如何《いか》に多いかがよくわかる。馨も大半は吸血鬼だが、古《いにしえ》の時代より見下されてきた獣人と淫魔の血を引いている。種族混合の純血種が王になれば、時代は変わると期待している歓声だ。

「これで……終わったのか?」

紲はルイの首に両手を回した状態で、声を震わせる。

愛息の無事な姿に安心したのか、涙をぽろりと零して、「馨……っ」と名を呼んだ。

ルイは紲の体を血の帯で自分と結びつけたまま、何度も何度も髪を撫《な》でる。小さな頭の形をなぞるようにして、「私達の息子は、まるで救世主《きゅうせいしゅ》のようだな」と囁《ささや》いた。

紲は声も出せない様子で、こくこくと首を縦に振る。

「――ッ!」

一瞬の甘いひと時を味わった直後だった。ルイは蘇《よみがえ》る女王の気配に震える。

玉座の階段から殺気を感じ、そして勢いよく振り向いた瞬間、失われた絨毯の如く床を這《は》う物を目にした。絨毯よりも赤い……まさに血の色だ。真っ直ぐに伸びる、無数の触手《しょくしゅ》――。

ルイと紲は遠い壁際に寄っており、馨は空中に居る。

床を真っ直ぐに這《は》う触手とは離れていたが、その先には正面扉があった。

「蒼真‼」

「蒼真っ、逃げろ‼」

ルイと馨が叫び、紲もまた、声にならない声で叫んだ。

しかし時は遅く、速度を上げた触手が豹を襲う。大勢の悪魔が居るにもかかわらず、触手は明らかに蒼真を選んで絡《から》みついた。決して偶然《ぐうぜん》ではない。女王は意図的に蒼真を狙《ねら》ったのだ。

そして捕らえた豹の体を瓦礫の山から引きずり下ろすと、糸巻の如《ごと》く一気に巻き寄せる。

不自然な海老反《えびぞ》りにされた豹は、「ギャンッ‼」と甲高《かんだか》い鳴き声を上げた。床の上を割れたクリスタルの粒《つぶ》と共に滑《すべ》って行く。

しかしそれもまた一瞬のことだった。

豹は見る見るうちに長い距離を引き回され、最後は壊れたシャンデリアに激突する。

「蒼真……っ、蒼真――っ‼」

馨の声が降り注《そそ》ぐ中、紲は言葉を失っていた。

ルイは惨状を直視しながら、悪い予感を覚える。女王はまだ本体を起こしておらず、触手を根元から絶てば蒼真が助かる可能性はある。にもかかわらず馨は反撃《はんげき》しなかった。床に降りてきてしまったのだ。豹の体が滑り込んだシャンデリアの横に立ち尽くし、慄然《りつぜん》としている。

「馨！　しっかりしなさい！　お前にしか助けられない‼」

沈黙《ちんもく》を切り裂いて叫んだのは、たった今まで絶句していた紲だった。

そして馨はこちらを向く。意外な表情に、ルイは驚愕を禁じ得ない。

馨の顔は青い膜を被せたかのように真っ青《まさお》で、どう見てもパニック状態に陥《おちい》っていた。

「女王の触手を切るんだ！　お前にしか切れないっ!!」

紲はルイの腕の中で、落ちそうなほど身を伸ばしながら叫んだ。

ルイも同じことを言おうとしたが紲のほうが早く、その声は力強く響く。

「……ッ！」

そうしている間に女王の触手は暴れ回り、他の貴族を襲い始めた。

これまであった歓声や怒号が、鼓膜《こまく》を抉《えぐ》るような絶叫に変わる。

貴族悪魔としてそれなりに高い地位にあった彼らが、首を絞《し》められた鴉《からす》のように鳴いていた。

蒼真以外は全員、まだ人間の姿でいた者ばかりだ。

結界を張る魔力も体力も足りなくなった女王は、今何よりも人間の血液を欲している。

海獣人も淫魔も、身内である新貴族も区別なく捕まえ、触手の尖端で獲物《えもの》を突き刺していた。

阿鼻叫喚《あびきょうかん》の地獄絵図《じごくえず》——断末魔《だんまつま》の悲鳴が響く中、触手は柔らかいゴムチューブのように血を吸い上げ、ボコボコと膨《ふく》らみながら異常な吸引力で女王に血を送る。

「馨！　正気に戻ってくれ！　蒼真が死ぬぞ!!」

「馨……っ!!」

ルイと紲は声の限りに叫ぶ。ルイに至っては、息子に対する初めての語りかけだった。

馨は二人の言葉でようやく我に返り、一旦《いったん》息を詰めてから深く吸い込む動作を見せた。そして眉間《みけん》に皺《しわ》を寄せ、カッと目を見開く。――そこから先は迅速《じんそく》だった。

両手を横一直線に広げて胸や腕から血の霧《きり》を発生させ、左右の中指から中指までの長さ――およそ二メートルの巨大な刃を形成する。まるで体からギロチンの刃を抜きだすかのようだ。

馨は低く響く雄叫びを上げ、玉座の階段目掛けて刃を一気に振り下ろす。

多量の血を吸い上げていた膨大な数の触手は、いとも簡単に切断された。激しく踊《おど》り狂《くる》ったそれらは、間欠泉《かんけつせん》の如く噴《ふ》きだす血を全方向に撒《ま》き散《ち》らす。

「蒼真……っ、嫌だ……蒼真……！」

馨はシャンデリアの中に埋もれている豹を、二の腕を使って引き上げた。

蒼真に絡んでいた触手は、絶《た》たれたことですでに気化している。

しかし多量の血を抜かれたことに変わりはなかった。そのうえ魔力や精気まで抜き取られ、抜《ぬ》け殻《がら》のようになっている。最早《もはや》以前の姿とは比べようもなく、軟体動物のようにぐにゃりと曲がった蒼真の体は、細胞レベルで痩《や》せ細《ほそ》っていた。張りや艶《つや》のあった黄金の被毛が、老《お》いて弛《ゆる》んだようにぶよぶよと波打つ。

「……嘘だろ……っ、蒼真……！」

馨は声を震わせながら豹の体を抱き、床の上に膝をついた。巨大化していた血の翼が、瞬く間に霧に変わる。斑紋を浮かべながら黒ずんでいた肌は元通りになり、淫魔の尻尾も収縮して体内に戻った。殺気も戦意も、完全に消失している。

『蒼真……っ！』

紲と共に馨の許《もと》に向かったルイの耳に、雄々しい声が届いた。実際は頭の中に響いてくる。

声の主は、猛然と走ってくる煌夜だ。白い虎の姿のまま蒼真の許に駆け寄って、馨とルイの顔を交互に見る。

『お前でも、お前でもどっちもでいい！　俺の血を輸血しろ！　吸血鬼ならできるんだろ⁉』

思念会話で訴《うった》えた虎は、口でも「グオォォゥ‼」と激しく吼える。

ルイはまず玉座のほうを見て、戦況《せんきょう》を確認した。赤いネイルを塗った女王の手が床下から、右手、左手、と順番に出てくる。完全ではないが、復活の兆《きざ》しを見せているのは確かだった。

「輸血は私がする。馨……っ、女王を頼む」

「嫌だ……嫌だ、父さんの頼みでも嫌だ……っ！　蒼真は誰にも渡さない‼」

「馨……っ、蒼真はルイに任せるんだ！　煌夜の血を早く蒼真に！　ルイだって好きでお前を戦わせてるわけじゃない！　けど、お前に頼らなきゃどうにもならないんだ……っ！」

紲は涙を迸《ほとばし》らせながら叫ぶ。馨に状況を知らしめるべく、周囲に視線を向けた。

瀕死なのは蒼真だけではない。女王に血を奪われた貴族悪魔達の呻《うめ》き声が、そこかしこから聞こえてくる。白い大理石の床は、クリスタルの破片と血に塗れていた。

『どっちでもいいから早くしてくれ！　蒼真の心音が消えかけてる‼』

「輸血するなら俺の血だっ！　他の奴の血なんか絶対入れさせない‼」

興奮状態の馨は、煌夜は疎かルイの言葉も紲の言葉も聞き入れず、いきなり変容する。

骨格が変わるや否や、ミリタリーパンツとコンバットブーツが瞬く間に破裂した。

目を瞠るような速さで、巨大な黒豹になる。

「……ッ！」

予想を超える大きさに、ルイは場所を空けるべく後退した。

虎と変わらない体軀《たいく》と重量、微《かす》かに認められる程度の斑紋を持つ豹だ。全体は艶《つや》やかな黒色、脚部に褐色《かっしょく》と濃灰色、首元に少しだけ亜麻色の毛があり、三日月の形をしていた。

――っ、女王が……！

ルイは、黒豹が黄金の豹の前肢《ぜんし》に自分の左前脚を添える姿を見下ろしながら、女王の魔力を感じていた。一時は極限まで弱くなったそれが、普段と変わらないレベルに近づきつつある。

階段下の穴から這い上がった女王は、地を這う蜘蛛に似た恰好でこちらを睨《にら》み上げていた。

そして唇の端《はし》を持ち上げる。

「純血種の血は猛毒だ……お前の血を流し込めば、李は忽《たちま》ち悶《もだ》え死ぬ」

ククク……と声を上げて笑う声は、やはり女のものだ。男しか居ないこの空間の中では、ざわめきを突き抜けて耳に届く。

肉感的な体は、左右に一度ぐらりと揺れながらも起き上がった。

血みどろの黒髪を振り乱して何をするかと思えば、右手の五指から触手を伸ばす。

ルイや馨の居る広間中央ではない。壁際に避難していた貴族悪魔に向かって伸ばし、そこに居た金髪の淫魔を捕らえた。

「やぁ……っ、嫌だ……放してっ！」

「刮目するがいい！　純血種の血の力を……っ！」

細身で美しい淫魔が、悲鳴を上げながら引きずられる。瞬く間に女王の腕に抱き込まれた。

すべてを黒豹の馨に見せつけるように、女王は淫魔の左手を高く上げる。

そこに自らの手首を重ね、にやりと笑った。

「やめろ！」

紲が叫んだ直後、女王に囚われた貴族淫魔が目を剝く。美しかった顔を苦痛に歪め、自由になる右手で自らの口元を掻《か》き毟《むし》った。まるで毒物を飲まされたかのような反応だ。鈍《にぶ》い悲鳴を上げながら、鼻梁《びりょう》や唇を爪《つめ》で抉《えぐ》って悶え苦しむ。その果てに、口から多量の血を吐《は》いた。

「……ッ！」

淫魔の変化はそれだけでは終わらない。

強過ぎる純血種の血を輸血されたことで血管が膨張《ぼうちょう》し、破裂《はれつ》し、肌が真っ赤に染まる。酷《ひど》い内出血を起こしていた。果てはミチミチと膨らんだ全身から血を噴いて、無残な姿で事切れた。

誰もが息を殺す中、つい先程までの姿からは想像もつかないほど肥大《ひだい》した赤い軀《むくろ》が、冷たい床の上に叩き落とされる。何もかもが醜《みにく》くなり、美しいままなのは血染めの金髪だけだった。

──拒絶反応《きょぜつはんのう》……純血種の血を輸血すると、あんなことに……っ！

ルイは即座《そくざ》に馨を止めようとする。

しかし止めるまでもなく、黒豹に姿を変えていた馨は輸血を中止していた。

さすがに迷う様子を見せ、「グルゥゥッ」と唸りながら虎の煌夜を睨んでいる。

自分の血が猛毒になるなら蒼真に輸血するわけにはいかず、煌夜に頼るしかない――不本意ながら、そう決めたように見えた。

――……っ、駄目だ……もう間に合わない！　心音が消える……！

ルイは紲の体を一際《ひときわ》強く抱き締め、蒼真の死を覚悟した。

それは紲も同じだとわかる。縋りついてくる指先が、ぶるぶると震えていた。

「――っ⁉」

ところが次の瞬間、ルイは視界の隅《すみ》で女王の唇を捉《とら》える。

乱れた長い黒髪の隙間で、赤い唇は確かに……密《ひそ》やかな笑みを浮かべたのだ。

そもそも女王の言動には釈然《しゃくぜん》としないものがあり、ルイはすぐさま憎《にく》い女の顔を睨み据える。

女王が蒼真を狙ったのは、どう考えても報復《ほうふく》のためだ。自分を裏切った蒼真自身への報復であり、蒼真との絆を露わにしていた馨への報復も兼ねていたと推測できる。

それなのに何故輸血を止める必要があるのか……放っておけば、こちらにとって悲惨極まりなく、女王にとっては大層愉快《たいそうゆかい》な光景が繰り広げられていたことだろう。それに、血が欲しい時に何故わざわざ輸血の実演などして見せたのか――。

「……っ、馨……！　お前の血を輸血しろ！」

「ルイ……ッ、でもそんなことしたら……っ」

『父さん……ダメだ、できない……蒼真を死なすくらいなら、虎の血でいいっ』

「お前の血を輸血しても蒼真は死なない！　早くしろ!!」

ルイは黒豹の馨に向かって、奮然《ふんぜん》と言い放つ。しかし馨はまだ迷っていた。

「純血種の血が猛毒になるのは、非血族間の場合だけだ！　お前と蒼真は血族だ、血は有効に働き、蒼真は助かる！　むしろ今すぐ純血種の血を入れるくらいしないと死ぬぞ！」

『――っ……』

「私を信じろ！　あの女の腐《くさ》った性根は誰よりも知っている!!」

ルイは元々腹の底に燻《くすぶ》っていた憤《いきどお》りに身を焼かれ、油を注がれた火のように怒り狂う。

その怒りは自分自身にも向かっていた。迷う黒豹を見ているうちに、自分のしていることに耐《た》えられなくなったのだ。馨は純血種で、確かに強い。馨の力に頼らなければ、運命を変えられなかったのは事実だ。しかし彼はまだ十八歳で、当たり前の幼さがある。風向きがよければ強気で戦えるが、大切な家族を傷つけられれば脆《もろ》く崩れる――。

「紲、すまない……少し待っていてくれ」

「ルイ……？」

「自分の息子にここまでやってもらった。私はとても幸せだ」

ルイは馨が輸血を始めたのを見届けると、紲の体を床に下ろした。

これまでは決して離れないよう血の帯で縛りつけていたが、それも外す。

すると、ぼろぼろに裂けたシャツを紲の指先で握られた。それだけではない……紲はいつの間にか変容しており、淫魔の尾を手首に絡みつけてくる。「待ってくれ、行かないでくれ」と、訴えるような顔で見つめられた。

それでも紲は何も言わず、開きかけていた唇を閉じる。

絡めたばかりの尾を解き、シャツも、千切《ちぎ》れる前に放してくれた。

ルイは紲の顔を見ていられなくて踵を返したが、視線は背中でも感じられる。

女王への殺意に燃え、憤っているにもかかわらずどこか静かな心は、紲の想いを感じ取っていた。自分の行動を理解してくれているのがわかる。親としての気持ちは同じだからだ。

「――ルイ……何があっても、これからはずっと一緒に居るから……」

「ああ、約束だ」

ルイは顧《かえり》みることなく答え、玉座に向かって足を進める。

生き残っても死んでも、必ず一緒に居る――心でそう誓い合った。

たとえ死が訪れようとも、二人を別《わか》つものは何もない。恐れることはないのだ。

だからといって死ぬ気などなかった。女王を倒し、生きて紲の所に戻らなければならない。

馨が与えてくれた最初で最後の好機を利用し、ルイは秘策《ひさく》をぶつけようと考えた。男として、父親として、守るべき者達を守りたい。プライドは愛のために捨てることができるが、しかしこれは捨てられない愛そのものだ。家族への愛情が、憤怒の炎《ほのお》を呑み込む勢いで燃えている。

『父さん……っ、待ってくれ！　俺が、俺が倒す！　輸血が終わったら、すぐに俺が！』

「ありがとう、だがもう十分だ。紲と蒼真についていってくれ」

ルイは馨の言葉にも振り返らず、女王の姿だけを見ていた。

黒豹の必死な鳴き声と、靴底《くつぞこ》でジャリジャリと鳴る破片の音が重なる。

紲の視線、馨の視線……そして信じ難い勢いで復活する蒼真の魔力を感じながら――ルイは右手の甲を左手の指先で撫でた。出血させて拳を握り、甲から血の刃を形成する。

可能な限り厚みを持たせると、右腕がずっしりと重く感じられた。

これまで作ったどんな刃よりも強靭《きょうじん》に、鋭く尖《とが》らせてから女王と対峙する。

いつも美しく装っていた女は、所々破れた血染めのドレスを着て、汗濡《あせぬ》れた額《ひたい》に黒髪を張りつけていた。口紅は頬に向かって伸び、ネイルは剥げ、乱れた髪は海の藻屑《もくず》のようだ。

見苦しいその姿を、憐れだとは思えなかった。顔を見ているだけで殺意と憎悪に囚われる。

これほど誰かを憎み続けるのは、恐ろしくつらいことだ。血に受け継がれた根深い憎悪が、自分の中に息づいている。女王と共に消してしまいたい感情だった。

「スーラ……ッ、其方《そなた》如きが我を倒せるとでも思っているのか⁉」

愚かしいことに、女王は淫魔に輸血する前よりもふらついていた。

しかしそれは体力的な問題であって、魔力はまだ十二分に強い。自らに結界を張り、肉体を硬質化させることは容易《ようい》だろう。混血悪魔のルイが勝てる相手ではなかった。

「陛下……貴女に対する積年の恨みを語りだすと夜が明けてしまいますが、私は貴女に対して、憎しみばかり抱いていたわけではありません。人の心は、そんなに単純ではないのです」

「――っ」

「私は、いいえ……私だけではなく、父も祖父も同じことを思っていたはずです」

ルイは女王の前に進みでて、そして笑う。嘲笑でも苦笑でもない。細にしか見せない笑顔を浮かべた。これまでの人生の幸福な記憶をすべて手繰《たぐ》り寄《よ》せ、一世一代の微笑みを作り上げる。

「リリス様……私は貴女を、そう呼んでみたかった。先祖の代用などではなく、一個人として認めて欲しかった。ルイ・エミリアン・ド・スーラとして、見た目だけではなく心まで求めて欲しかった。無表情で朗読《ろうどく》するのではなく、貴女と意見を交わせたらどんなにいいかと思っていました。私が先祖を妬《ねた》んでいたことを……リリス様、貴女は知らなかったでしょう？」

「——ッ……スーラ……」

「リリス様……」

スーラ一族の歴代当主以外は誰も知らない名を、ルイは初めて……そして何度も口にした。

笑みは絶やさず、少しばかり切なさを加えながら囁いて、見つめ続ける。表情は作り物でも、全部が全部嘘というわけではなかった。「どうか見捨ててくれ」と切望する前に、個人として求められたいと願った時はあったのだ。愛されたかったわけではない。ただ認めて欲しかった。誰かの複製ではなく、『私』は『私』なのだということを——。

「リリス様、貴女にもっと早く、この想いを伝えればよかった……」

ルイは微笑みながら、女王の右肩に左手を添える。

薄い肩を撫でて、やんわりと包み込んだ。徐々に力を籠め、最後は鷲摑みにする。

そして拳を振り上げた。驚きを超えて陶然とした表情を浮かべる女王の胸に、それを埋める。

長く太い血の刃が、膨《ふく》らんだ乳房の中に消えた。ずぶりと音を立てて、魔女の心臓を一突きする。貫通《かんつう》させた後も、ずぶずぶと……ルイは刃を揺さぶりながら拳を捩じ込んだ。

「――っ、う……あ、ぁ……っ！」

「貴女を名前で呼ぶ人が待っています。貴女の恋は、一方通行ではなかったのですから……」

女王の心臓を破壊すべく貫いたルイは、その魔力の弱まりを肌で感じ取る。

死を悼《いた》む気持ちなど微塵《みじん》もないのに、涙が込み上げてきそうだった。やっと終わる。何代も続いた苦悩が遂《つい》に終わる。この決別は血の悲願《ひがん》――ようやくそれが、叶おうとしている。

「父上っ、やめてください！」

「……っ！」

胸から刃を抜いて、首を斬《き》り落とせばすべてが終わる――そう考えていたルイは、突如《とつじょ》割り込んできた声に耳を打たれた。自分と同じ姿を持つノアが、壁際から駆け寄ってくる。

「ノア……ッ！」

白い肌を病的に青白くしたノアは、女王の体を背中側から抱き締めた。

ノアが女王と共に退《ひ》いたせいで、ルイの刃は抜けてしまう。

その瞬間、前が見えなくなるほど血がしぶいた。

「――ッ……ウ……ノアッ！　そこを退け！」

心臓を突いたからといって、それで終わりというわけではない。すぐに首を刎《は》ねなければ、回復してしまう恐れがあった。今は一刻を争う時なのだ。それなのに、女王を庇《かば》うノアが邪魔して追撃《ついげき》できない。刃を振り上げたルイの前には、ノアの背中が立ち塞がった。

「ノア……ッ、そこを退け！　今はよくても、いずれはお前にも降りかかる災厄《さいやく》だ!!」

「いいえ、そんなことにはなりません！　義母上っ、ああ……義母上……申し訳ありません！　どうか許してください……っ、全部私のせいなんです！　私のせいでこんなことに……っ」

瀕死の女王を抱きながら、ノアは床の上に崩れる。

女王の額を撫でて、張りついていた髪を後ろに流した。

迸る涙が、血塗れの頬に降り注ぐ。伏せられていた睫毛が震え、瞼がわずかに開いた。

女王の口から、「ノア……」と、血の筋と共に声が漏れる。瞳は虚《うつ》ろで、何度か遅い瞬きをしてからようやく、ノアの顔を捉えた。

「――義母上、私は……っ、純血種が……もう一人存在することを知っていました……っ」

ノアが声を振り絞って告白するや否や、女王は目を見開き、ルイは耳を疑った。

馨が現われた時の反応からして、女王が馨の存在を認識していなかったのは明らかだ。

あの瞬間からルイは当然のように、ノアも馨のことを知らなかったのだと判断していた。

知っていたなら報告しないわけがないと思ったからだ。女王が不意を突かれて失脚《しっきゃく》すれば、今のノアには損失《そんしつ》しかない。立場のうえでも愛情面でも、失うものはあまりにも大きい――。

「……義母上が生きている限り、父上は私を愛してはくださらない……だから私は、義母上と父上を秤《はかり》にかけたのです。純血種同士の戦いの行く末に、自分の運命を委《ゆだ》ねて……」

ノアは嗚咽《おえつ》を堪《こら》え、女王の頬に触れる。

口から溢れてくる血とはみ出した口紅を拭《ぬぐ》いながら、指も肩も震わせた。

ノアの手は大きく、肩幅《かたはば》は広く、どこをどう見ても完成された大人の男だったが、ルイには年相応なノアの姿が見えてくる。

鉄格子の向こうから初めて声をかけられた時の喜びと、十歳の誕生日の出来事を、思いださずにはいられなかった。切なさ、伝えることが叶わなかった愛情――。あの日から、ルイは自分がノアにとって単なる養分に成り下がったのだと思っていた。歳月を経《へ》て親子の絆を感じることはあったが、それは女王に敵うものではなく、父親として求めてもらえる日など二度とこない気がしていた。

「許して、もらえないかもしれません……でも、私は……どちらも失えない。義母上……私と、どこかへ行きましょう……退位して、静かに暮らしましょう……っ」

形振《なりふ》り構わず啜《すす》り泣くノアの泣き顔を、女王は黙って見上げていた。

そして、だらりと床に垂らしていた手を持ち上げる。中指から小指までの三本を折り曲げ、銃を示す形を作った。

「ノアッ！」

ルイが叫ぶと同時に、女王は指先を自らのこめかみに当てる。

裏切ったノアを殺すためではなかった。人差し指の赤い爪が、皮膚に食い込んでいる。

「この地上に、純血種は一人だけ……それは絶対に破ってはならない、魔族の掟……」

「義母上……っ、嫌です！　待って、待って、待ってください！　どうか降伏《こうふく》を！」

「ノア、案ずるな……我は、自ら作った掟を、守るだけのこと……」

女王は片方の手でノアの頬に触れながら、視線をルイへと移す。

ノアがどれほど泣き叫んでも、暗紫色の瞳は揺るぎなくルイを捉え続けた。

――……本当に、終わる……憎悪し続ける日々が……やっと……。

ルイと女王の間に、長いようで短い時間が流れていく。

ルイは一瞬たりとも目を逸らさず、女王の最期を記憶に刻んだ。

「あの純血種を、新たなる王に……っ！　吸血鬼ルイ・エミリアン・ド・スーラ――其方を、宰相《さいしょう》に……任命する……っ！」

女王の声は、この場に居るすべての魔族の耳に届く。

最期の最期まで女王として生きた女の頭が、がくんと揺れた。

銃声はない――。代わりにノアが悲鳴を上げ、衝撃が目に見える。

こめかみから撃ち込まれた女王の血の弾丸は、彼女自身の頭部を粉砕した。

ノアの手に残ったのは、首から下のみ。それもまた、瞬く間に崩れて霧になった。

呆気《あっけ》ない最期と言えるのかもしれない。血肉のすべてが霧散し、ノアと新貴族が慟哭《どうこく》する。

――鐘の音が……。

程なくして鐘が鳴り、血臭に満ちた空気が揺れた。

葬送《そうそう》の鐘なのか、祝福の鐘なのか、鳴らした者の意図はわからない。

この音を耳にした者達が、それぞれの胸の内で好きに決めればいいことだ。

王が変わったところで、魔族を統率《とうそつ》するための掟まで変えられるものではない。しかし心は誰にも縛れず、何を思うのも誰を愛するのも、それぞれの自由なのだから――。

6

紲がルイと二人きりになれたのは、日付が変わって何時間も経《た》ってからだった。

女王の遺言《ゆいごん》や馨の絶対的な力が影響《えいきょう》し、新貴族達は女王の死後に反乱を起こすようなことはなかったが、それでも報復行為を警戒《けいかい》する必要はあった。

そのためルイは、ホーネット城及《およ》びホーネットの森から、怪我人と古代種以外の貴族を一旦締めだし、馨に結界を張らせて森ごと一時封鎖した。

ルイにしても紲にしても、一刻も早くホーネット城から出たかったため、封鎖が完了するとすぐに、ホーネットの森の一角にあるスーラ城に移動した。

ノアは継承後もホーネット城で暮らしており、スーラ城は主不在の城になっている。すでにルイの城ではないのだが、ノアの勧《すす》めもあって、未《いま》だ安静が必要な蒼真と、馨も一緒にスーラ城に移った。一方ノアは、誰に強要されることもなく自主的にルイの指輪を紲に返し、女王の部屋で静かに過ごすことを望んだ。今もホーネット城に残っている。

「——昔のままだ……何も変わってない」

紲は三階の寝室に入るなり、部屋一面に広がる寄木細工《よせぎざいく》の床を見て微笑んだ。

珪藻土《けいそうど》で塗り固められた壁、落ち着いたアンティークの調度品。壁の途中からは、ベッドの天蓋《てんがい》が張りだしている。恋人達の眠りを守るように、金飾りのついた赤いドレープが下がっていた。内側には白いチュールも垂らされており、薔薇の形の留め具によって弧を描《えが》いている。

「あれから二十年近くも経ってるのに、不思議だな」

「ノアがそのままにしておいてくれたのだろう。手入れだけはきちんとされているようだ」

ルイの声を背中で聞きながら、紬はベッドに近づきシーツに触れる。

この部屋はルイが紬の好みに合わせて設《しつら》えた部屋で、短くも甘い思い出の宝庫だった。

今と変わらない正絹《しょうけん》のリネンの上で、何度も何度も愛し合った。永遠を誓い、女王から逃げようと決めたのも、この部屋のバスルームでの出来事だ。

「紬……やっと二人きりになれた」

不意に後ろから抱き締められ、紬はルイのシャツの袖《そで》を握る。

立ち塞がる問題の多くが解決すると、また何か恐ろしいことが起きるのではないかと不安になった。この城の中に愛する息子が居て、大切な親友が居る。そして自分は、ルイの腕の中に居る。あまりにも幸せ過ぎると、それがいつまでも続くことを信じられなくなるようだった。

強い執着心に呑み込まれて、狂おしい情念が湧《わ》いてくる。何一つ失って堪《たま》るものかという、怖いくらいの情熱だ。いつの間にか、自分はとても欲深くなったらしい――。

「紬……お前に謝らなければならないことや、話したいことがたくさんある」

「駄目だ、今は何も言わないでくれ」

紬はルイの袖を握ったまま、少しずつ後ろを向く。

ホーネット城に居るうちに返り血を洗い流した彼は、紲が想い描いていた通りの姿になっていた。記憶の中で燦然《さんぜん》と輝く吸血鬼――漆黒《しっこく》の髪に雪色の肌、虹彩《こうさい》に黄金を散りばめた紺碧《こんぺき》の瞳、そして高雅《こうが》な香り。絹《きぬ》よりも滑《なめ》らかで、真珠よりも艶《つや》めいて、薔薇よりも芳《かぐわ》しい、最愛の人……今ようやく、好きなだけ触れることができる。

「……では一つだけ言わせてくれ」

「駄目だ……何も言うな」

紲はルイの頬に触れながら、唇が動く様を見つめていた。目で見ている通りの動きが、掌で感じられる。頬や顎が動いたり、瞬きをしたり――彼は間違いなく生きていた。冷たい肌が徐々に自分の体温を移し取り、温かくなっていく。夢や妄想《もうそう》ではなく、ホログラムでもなく、五感に訴えてくる本物だ。

「愛している。それすら言ってはいけないのか？」

「――っ、それは……言っていい……っ」

紲は微笑むルイに向かって、定まらない表情で返した。二人きりになった瞬間、また泣いてしまう気がしていたのに、それよりも嬉しくて……そのくせなんだか恥ずかしくて、いったいどんな顔をしたらいいのかわからなくなる。

「……っ、ん……う……っ」

照れ隠しもあって勢い任せにキスをすると、やはり勢い任せに押し倒された。

次の瞬間にはもう、懐《なつ》かしい唇を貪《むさぼ》りながらベッドの上に背中を沈《しず》めている。

十九年前、どうして一言も相談せずに出て行ってしまったのか……あの時のルイの気持ちをわかっていても、怒りはまだ残っていた。怒っていないとやりきれない想いがあったからだ。それなのに今は、ルイが笑っていることが嬉しくて仕方がない。自分にしてもそうだった。

切ない想いでキスをしているのに、口角は上がりっ放しだ。こうしていることが嬉しくて、瞬《まばた》きをするのも惜《お》しいくらい幸せで……過ぎた時間の悲しみが急速に塗《ぬ》り潰《つぶ》される。

「は、ふ……っ……」

唇を潰し合うように重ねながら、お互いの服を脱がせていった。

少し忙《せわ》しない手つきになり、ボタンを外すのがもどかしい。いっそのこと破ってしまいたい衝動の中で、紲はどうにかすべてのボタンを外し終えた。

「……ルイ……ッ、ルイ……！」

摑んだ絹のシャツを左右に開き、伸しかかるルイの肌を暴《あば》く。

チュール越しに届く薄明りに、白い体が浮き上がって見えた。

くっきりと美しいフェイスラインや肩付きに目を奪われ、思わず首筋に食いついてしまう。キスで濡れた唇や歯列を、ルイの頸動脈《けいどうみゃく》にぴたりと合わせた。

「──っ、紲……それは私がすることだ……」

牙など伸ばせない紲は、吸血鬼の真似事《まねごと》のようにちうちうとルイの肌を吸う。キスマークが残るほど吸って、歯型も少しだけつけた。なんでもいいから印をつけたくなったのだ。ルイが生きていて、自分の行為によりなんらかの反応を見せることを、しつこいほど確認したくなる。

「ん……っ……」

ルイの首筋を吸っていると、ベッドマットに埋まっていた腰を浮かされた。借り物の脚衣をするりと脱がされ、下着も一緒に下ろされる。

大きな手で双肉の片方を鷲掴みにされ、瞬く間に脚を広げられてしまった。

日本人としては決して小柄ではない紲の体も、ルイの手にかかれば赤子同然だ。

腰は疎か背中まで宙に浮き、ハフッと息をした時には唇がルイの首から離れてしまう。腰の下に枕《まくら》を寄せられ、恥ずかしい所ばかりを晒《さら》す恰好《かっこう》にされた。

「今夜こそ……本気で咬《か》みついて殺してしまいそうだ……頼むから早く淫魔になってくれ」

「……ルイ」

「人間のままでいられると、我慢できなくなる……っ」

苦しげな声を出すルイの顔を見上げた紲は、彼の口内で光る牙を目にする。

紺碧の瞳は鮮《あざ》やかな紫色になっており、人間の自分に対する激しい欲望が見て取れた。

性欲と食欲……その両方を剝きだしにしているルイは、普段の優雅《ゆうが》な彼とは違う。

ぎらついた視線で皮膚の奥の血管を見つめ、そこに流れる血を求めていた。

食べてしまいたいほど愛《いと》しい——そう思われていることを実感できるひと時を、どうして易々《やすやす》と手放せるだろうか。

「ここ……っ、咬んでくれ……毒、使わなくていいから……っ」

紲は仰向けで腰を高く上げられた恰好のまま、右脚の内腿《うちもも》を押さえる。

脚を閉じてしまいたいくらい恥ずかしいのを堪《こら》え、あえて青い血管を見せつけた。

皮膚を指先で伸ばし、ルイの視線を誘う。

「──っ、どうなっても知らないぞ……」

「いいから……早く……っ」

ルイは切羽《せっぱ》詰まった表情で、ごくりと喉を鳴らす。紲が示した内腿の血管に唇を寄せ、まだ冷たい舌を這わせた。温かい皮膚の上に冷気の吐息を滑らせて、牙の先を慎重《しんちょう》に当てる。

「……っ、ん……あ……っ」

同時に屹立《きつりつ》に触れられ、紲は真っ直ぐに身を仰《の》け反《ぞ》らせた。後頭部をシーツに埋めながら、嗅覚に意識を集中させる。欲望を満たす寸前に立ち上るルイの香り……冷温の薔薇の香りに、甘い林檎の香りが混じった。ルイの手で扱《しご》かれて零《こぼ》れる蜜《みつ》と、あわいの蕾《つぼみ》から滲みだす愛液に、さらにもうひとつの香りが混ざろうとしている。鮮血《せんけつ》の匂いだ──。

ぴんと張り詰めた皮膚を食い破られ、傷ついた血管から血が噴きだしていた。

唇は密着していたが、それでも紲の鼻は血の匂いを感じ取る。

「は……っ、あ……ぁ、っ」

「──ッ、ン……ゥ……！」

意識を寄せれば、息が詰まるほど痛いのかもしれない……けれども今は耐えられた。鋭利《えいり》な牙を肉に突き立てられても、つけられた二つの傷から血を吸われても、痛み以上に心を攫って くれるものがある。

——ずっと……こうしたかったんだ……十九年間、毎日……ルイを求めてた……。

内腿を吸うルイの唇は温まり、紲の分身を扱く手は熱を孕《はら》む。

触れ合いの悦《よろこ》びは、お互いが放つ香りによく表れていた。

いつだってそうだ——ルイを拒《こば》んでいた時の紲も、紲を脅していた時のルイも、香りだけは制御できずに……愛している、愛している……と、本音《ほんね》を叫び続けていた。

「あ……ん、ぅ……あ……っ！」

まだ触れられていない窄《すぼ》まりが収縮し、紲は枕に埋まった腰に火照《ほて》りを感じる。

ルイにもっとも求められる人間の姿でいたいと思っても、体は変容に向かっていた。

ルイが血を求めるように、紲はルイの精液を求める。人間の彼でなくてもいい……吸血鬼のままでもいいから、ルイのそれが欲しかった。媚肉で吸収したい欲求も舌で味わいたい欲求も堪え切れないくらい高まって、尾てい骨の辺りが焼けつきそうになる。

「ルイ……ッ、も……っ、あぁ……っ！」

「——ッ！」

紲は内腿を強く圧迫されながら血を吸われ、そのままの姿勢で淫魔に変容する。積み上げた枕に叩きつける勢いで尾を出し、燻《くすぶ》る熱を解放した。

忽《たちま》ち養分を失い味も落ちるはずの血を、それでもルイは吸い上げる。上下の唇をぐいぐいと押しつけながら、無我夢中《むがむちゅう》で吸っていた。彼にしても、人間であるか淫魔であるかなど大した問題ではないのだ。恋人の血を吸うことそのものが、狂気的な悦楽《えつらく》に繋がっている。

「……ん……う……ルイ……ッ！」

血を吸われ過ぎて、紲は強い眩暈を覚えた。それは陶然とした感覚でもあり、ルイの吸血に酔《よ》いしれる。淫魔になったことで情欲も倍増し、恥じらう気持ちは彼方《かなた》へ飛んだ。

「……ルイ、そこ……や……っ、ここ……舐めて……」

元々開かれていた膝をさらに大胆《だいたん》に開いた紲は、自分の指先と尾を後孔に忍ばせる。蜥蜴の尻尾のようにすんなりと細まった尖端を中に入れ、指も一本だけ挿入した。

ルイの眼前で、肉孔を左右に拡げる。

「……っ、ここ……！」

小さくも貪欲《どんよく》な所を、尾と指の先でヌプッと開くと、蜜林檎の香る滴《しずく》が溢れだした。

それは谷間を伝って尾の根元に届き、腰に触れていた枕を濡らす。

腿から離れたルイの視線が、中の媚肉にまで注がれた。

「──紲……っ……ン……ッ」

「ふ、あ……ぁ、あ……っ！」

ルイの手は傷口に、熱っぽい唇は体の中心に移ってくる。

紲が自ら拡張している後孔も、そこに埋め込んでいる指や尾も、まだ血を纏っているルイの舌で舐められた。指には牙が当たり、ちくんと痛みが走る。平らな上下の歯列でも齧《かじ》られて、後孔の中から指を引き抜かれた。

「……っ、あ……は……っ」

代わりに入ってくるのはルイの指――紬の指よりも長いそれは、尾の尖端と共に奥を突いてくる。窄まりを押し込むように進んでは、逆に捲るように引いて、やがて動きは速まった。

「は……っ、ぁ……あ、あ……っ！」

うねる指で秘洞を掻き混ぜられながら、硬く尖らせた舌を挿入《そうにゅう》される。

狭隘《きょうあい》な肉を舌と指と尾で埋め尽くされて、否応なく甘ったるい嬌声《きょうせい》が漏れた。

淫魔特有の愛液を舐めるのではなく、唇を押しつけて啜るように吸われると……感じ過ぎて膝や爪先が痙攣する。

「あ、あ……っ、ルイ、もっと……ゆっくり……」

「――ッ、ン……」

内腿の傷を押さえていたルイの手が、再び屹立に伸びてきた。いきなり激しく扱かれる。

まだ達したくないと思っても、手も舌も緩めてはもらえなかった。そして自分自身も、尾の動きを止めることができない。尖端に力を入れて、前立腺《ぜんりつせん》をぐりぐりと刺激してしまう。

「はっ、あ……っ！」

媚肉を執拗《しつよう》に責められながら、屹立《きつりつ》を伸びやかに擦られる。

器用に動く手首を駆使《くし》して、根元から括《くび》れまでを柔らかに搾《しぼ》られた。丸く膨《ふく》らんだ雁首《かりくび》を指で撫でられ、鈴口には爪の先を捩じ込まれる。

紬のそこは壊れた水飲みのように絶え間なく蜜を零しており、ルイの指先に粘《ねば》ついた淫糸《いんし》を絡ませた。

「や……あ、ぅ、あ……あぁ――っ！」

先に達《い》くつもりはなかったのに、最早止めようがなかった。

体の奥底から噴出《ふんしゅつ》する悦びが、そのまま全部形になって弾《はじ》け飛ぶ。腹部にも胸にも首にも、そして顔にまで……大粒《おおつぶ》の雨のようにボタボタと音を立てながら降り注いだ。

ルイの精液を味わいたかったのに、紲はその前に自分の物を味わうことになる。

少し残念なようで、それもまた恍惚《こうこつ》だった。

ルイに愛されている証《あかし》だと思うと、こくんと喉が鳴ってしまう。

「――紲……っ」

ハァハァと息を乱していると、ルイが濃厚な白い汁《しる》を舐め取ってくれる。

まずは鈴口と裏筋、括れの裏側まで垂れたとろみを掬って、ゆっくりと味わうような表情を見せた。媚肉を突く指はそのままに、下腹部に口づけてくる。薄明りを受けて点々と光る所を舐めては、体内の指を緩《ゆる》やかに動かした。

「は……っ、ふあ……っ！」

ルイの唇や舌で肌を辿られた紲は、達したことなど忘れたように昂《たかぶ》りを蘇らせる。彼の唇が胸に届くのが待ち切れなくて、弄《いじ》られたい乳首が勝手に勃《た》つのを薄目で眇めた。左右どちらもぴんと勃ち、期待で張り詰めている。けれどもルイは焦《じ》らすような動きを見せて、濡れた臍《へそ》を入念に舐めていた。

「ルイ……ッ、焦らす、な……」

物欲しそうな乳首に視線を送りつつも、なかなか来てはくれない。

「――ッ！」

頭を浮かせて強請《ねだ》ったその時、紲はルイの妙《みょう》な反応に気づく。

透明な蜜で潤《うるお》う臍に舌を突き入れていた彼は、恐る恐る顔を上げた。

一旦瞠目《どうもく》してから紲の腹部を凝視し、臍下《せいか》から鳩尾にかけて一直線に指先でなぞる。さらにそのラインに対し、垂直に指を滑らせた。

「これは……」

ルイが何を見て驚いているのか察した紲は、精液で濡れた自分の腹を見下ろす。

薄《うっす》らとだったが、白い肌に赤いラインが浮かび上がっていた。縦に一本、横に一本、まるで逆十字のように見える。普段はわからないが、体温が上昇すると出てくる傷痕《きずあと》だった。

「……馨を産んだ時の痕。このくらいの小さな卵だったんだけど、内側から俺の腹を切って、自分で出てきたんだ。その時点でもう結界を張ってた」

紲は両手の指で円を作り、二キロに満たない卵の大きさを示す。

上体を起こしたルイは、その円と腹の傷痕を交互に見ていた。

「そのまま卵が大きくなって……しばらくしてから勝手に割れて、俺にそっくりな赤ちゃんがバブーって言いながら出てきたんだ。最初からハイハイしてて、ちゃんと牙があって、脚には豹の斑紋……お尻には淫魔の尾があって、仔猫《こねこ》みたいにじゃれつきながら笑ってた……」

なんて可愛いんだろう……そう思ったのに可愛がれなかった。

この子はただの生物兵器だと、自分に言い聞かせておかないと正常ではいられなかった。

悔やんでならない日々を想い起しながら、紲は赤い逆十字に触れる。

ルイの唇が指に迫ってきて、関節や爪にキスをされた。そして指先から腹へと落ちた唇で、産みの苦しみの名残《なごり》に口づけられる。

「——私を……こんなに幸せにしてくれて、ありがとう……」

謝るような表情で、感謝の言葉を告げられた。

たくさんの言葉や想いが、その瞳の中に籠められているのがわかる。

「ルイ……」

自分は「ありがとう」と言ってもらえるほどしっかりとした親ではなかったし、つらい目に遭ってきたルイに対して、胸を張れることなんて何もない。心からそう思うけれど、それでも紲は、ルイを幸せにできたことだけは自信を持てた。

ルイの目を見ているとそれがよくわかる。悔やんでいることがたくさんあっても、彼は今、これまでのどんな時よりも満ち足りていた。男としても父親としても、守るべき幾つもの愛を抱えて、誇《ほこ》らしく輝いて見える。

「ルイ、俺も幸せになりたい」

ルイのうなじに触れた紲は、あえて苦笑しながら彼の顔を引き寄せる。

口づけて舌を交わし、牙がなくなった口内から唾液《だえき》を啜った。わずかに残る血の味と、青い精液の味が味蕾《みらい》に沁《し》みる。ルイの薔薇の香りと相俟《あいま》って、堪らなく官能的《かんのうてき》な匂《にお》いになった。

「……紲……っ」

「は……っ、ん……ぅ……」

条件反射の如く燃える体が、淫魔としての幸福を激しく求める。

キスの途中で、ルイは人間に変容した。それにより紲の理性は完全に振り切れる。

ルイと繋がることしか考えられない淫獣《いんじゅう》のように、欲望で頭がいっぱいになった。

口づけを交わしながら身悶え、積まれた枕を蹴散らす勢いで乱れる。ルイと抱き合ったまま上になり、転がってまた下になり、広いベッドの上で互いの体を弄り合った。

「――っ、あ……ぁ……！」

シーツに背中を埋めた紲の体に、ルイの屹立がずぷりと収まる。

枕はどこかに行ってしまったが、ルイが腰を掬い上げてくれるのでつらくはなかった。

これだけ肌を合わせていても、今まで触れていなかった彼の雄はまだ冷たい。鉄の芯《しん》を通したかのように硬く、血は確かに滾っているのに不思議な感覚だった。とても懐かしくて、胸がじんと熱くなる。ああ、ルイとしてるんだ……と実感すると、嬉しくて涙が零れた。

「あ……っ、あ……ルイ……ッ」

「――ッ……ン……！」

両脚を肩に乗せるように持ち上げられ、浮いた腰にがつがつと欲望を捩じ込まれる。

冷たいのは最初のうちだけで、ルイの雄は紲の体温をすぐに移し取った。ストロークごとに熱くなり、やがて紲の熱を上回る。

「ふ、あ……っ……熱……っ」

寄せては返す怒濤《どとう》に呑まれながら、紲は尾を自分の分身に巻きつけた。

体を折り曲げられているために腹まで届いている先端を、細い尾で締める。

そうすることで必然的に開く鈴口に、蠢く尾を挿入した。過敏《かびん》な精管の中を、捩子《ねじ》のように渦巻《うずま》きながら下へ下へと潜《もぐ》らせる。

「ひ……ぁ、あ……ん、あぁ……っ……！」

快楽《かいらく》が痛みに変わる寸前の所まで捩じ込むと、ルイの雄に絡みつく媚肉がぎゅっと収縮した。

二度と放さないとばかりに捕らえて、その全長を隈《くま》なく搾り込む。

「……ッ、ゥ……ッ……！」

ルイは眉を寄せて呻きながらも、負けじと腰を引いた。

そして奥まで一気に突いてくる。紲が悲鳴も嬌声も上げられないほどの勢いで最奥を穿《うが》ち、そこからさらに腰を押しつけた。ずぶずぶと強引に沈め、抉《えぐ》るような動きをみせる。

「――はぅ、あ……ぁ、ルイ……ッ！」

「紲……っ、そんなに締めつけると……お前を悦ばせてやれなくなる……っ」

「ルイ……あ、ん……っ、あ……は……！」

今にも達してしまいそうな顔をするルイを見つめながら、紲は手を伸ばしてキスを強請った。

ルイの肩から脚を外し、彼の肩を摑むことで唇が近づく。

それでも抽挿《ちゅうそう》は止まらず、キスには至らなかった。物欲しげな唇が二つ、掠《かす》め合ってはまた離れ、体ばかりが深く繫がる。

「ルイ……ッ、もう……いいっ、欲しい……！」

前後左右がわからなくなるほど突かれながら、紲は涙を溢れさせる。

揺れて散る涙粒が、こめかみを越えて耳まで流れていった。思い切り晒した喉笛《のどぶえ》には、自ら放った精液がどろりと伝う。腿の傷も完全には塞がらず、甘美な匂いが鼻腔《びこう》を擽《くすぐ》っていた。

「――もう……何日も……っ、精液……摂《と》ってなくて……っ」

紲はルイの両肩に触れたまま、自ら腰を揺さぶる。そして目を見つめながら微笑んだ。

なかなか二人きりになれなかったので言えずにいたが、おそらく心配していたであろう彼に、ノアとは何もなかったことを伝えたい――そして今よりもさらに幸せにしたい。

「お前の息子は、どちらも凄く……お前のことが好きなんだ」

「――紲……っ」

「ん、あ……ふあぁ、ルイ……ッ」

愛しい名を口にした瞬間、唇を斜めに塞がれる。

濃密なキスをしたまま、一際激しく穿《うが》たれた。小刻みに動いては大きく引き、何度も何度も奥まで突かれる。体の中に、確かな熱と脈動が存在していた。愛しくて堪らない命の糧《かて》が、今まさに注がれようとしている。

「――ッ、ゥ……！」

「んう……ぅ、う――っ!!」

張り詰めた糸が、緩むことなく弾け飛んだ。飢えていた体にルイの精液を注入される。

媚肉が震えるほど熱く、腰に響くほど重い射精だった。

ドクドクと心臓よりも激しく鳴って、淫魔の紲の体を満たす。

「――う……く……っ、ふ……ぁ」

紲もまた同時に達し、精管に詰めていた尾が噴出する飛沫《しぶき》によって押しだされた。

胸と胸の隙間を縫《ぬ》うように、青く香る滴が広がる。限界まで勃った乳首をとっぷりと濡らし、重なるルイの胸を滑らせた。

――ルイ……。

体は酷く騒いでいたけれど、心はとても穏《おだ》やかだった。うなじに触れ、背中に触れ……ただ静かに抱きつくと、快楽も愛情も感じられる。

今もなお腰を揺らし続けるルイの体で痼《しこ》った乳首を刺激され……ぬるりぬるりと精液を塗り広げられた。互いの胸がわずかに離れる度に、幾筋もの淫靡《いんび》な糸を引く。

「は……ぅ、ん……ふ……っ、ルイ……」

「――紲……っ、愛している……」

見つめ合い、舌を絡めれば絡めるほど、体の奥にあるルイの雄に血が集った。

萎《な》えることを知らない猛《たけ》りに、紲は果てしない悦びを感じる。忌《い》まわしい淫魔の宿命すらも甘受して、今ここに、愛と共に生きる愉悦《ゆえつ》を――。

7

寝室の窓は鉄扉で塞がれて、空の色は見えない。それでもルイは夜明けの気配を感じていた。紲と共に過ごす時間は早く、何度体を繋げても飽《あ》くことを知らない。それは紲にしても同じことで、共にシャワーを浴びてもまだ足りない様子だった。

「――んぅ……く……ふ……っ」

紲はルイが着ているローブタイプの寝衣を開き、ほとんど上掛けに潜《もぐ》りながら口淫してくる。

唇での締めつけや舌での愛撫《あいぶ》だけでも十分だったが、淫魔の尾を根元に絡められたり精管に挿入されたりと刺激が強く、いったい何度達かされたかわからなくなっていた。さすがにもう無理かと思っても、潤んだオッドアイで見上げられると、劣情《れつじょう》は際限《さいげん》なく湧いてくる。

「――ッ、ゥ……！」

ルイは枕の山に背中を委ねながら、紲の頭に触れる。反《そ》り返《かえ》る物を深く食《は》まれたまま、紲の喉奥に向けて射精した。しなやかな指で揉《も》み解《ほぐ》されている双珠に、限界を示す軋みを感じる。

腹這いの紲の体を包む上掛けが、もぞっと動く様が可愛らしい。腰の辺りが勝手に上がってしまうようだった。それを戒《いまし》めるべく、紲は宙に彷徨《さまよ》わせた尾で上掛けごと自分の尻を鞭打《むちう》ち、ペシッと音を立てては低く沈めている。

「……ん……っ、ふ……は……」

ルイの精液を再び飲み干した紲は、屹立を綺麗に舐めた。赤と紫の瞳で、特別美しい物でも鑑賞するようにうっとりと見つめ、裏筋や鈴口にキスをする。

「紲、こちらに来い……お前にそんな所に居られると、仕舞いには吸い殺されてしまいそうだ」

ルイは上掛けの中に両手を突っ込み、紲の体を枕のほうまでずるずると引き上げた。

脱げかけていた寝衣を、自分の物も紲の物も整えてから抱き合う。

少し落ち着かせるべく、背中を摩《さす》って額に唇を寄せた。

「──お前と居ると、病気みたいになる……」

紲は苦笑し、胸元に顔を埋めてくる。尾をルイの腰に絡めながらも大人しくして、そのまま心音を聴いていた。瞼を閉じたり開いたりしながら、いまさら恥ずかしそうな顔をする。

目が合うと逸らし、それでもまた合わせ、はにかんだ顔をしたり自己嫌悪に陥《おちい》ってみたりと忙《いそが》しい。そうかと思うと突然、「これからどこで暮らすんだ?」と訊いてくる。どうやら何か話していないと欲情してしまうらしく、ルイの腰に巻きついた尾は未だに蠢いていた。

「私はどこでも構わないが、馨と一緒に暮らしたいと思っている。あの子の希望を聞きたい」

「馨は学校があるし、東京の大学に行きたがってたから日本がいいと思う。でも……ほどほど近くで暮らすことはできても、同じ家で暮らすのは難しいかもしれない。馨はたぶん蒼真から離れられないし、お前と蒼真は一緒に居られないわけだから……」

「何故離れられないんだ?」

ルイは紲の背中や髪を撫で続けていたが、その手をぴたりと止める。

思い起こせば、馨の蒼真に対する態度は尋常ならざるものがあった。今もこの城の主賓室《しゅひんしつ》で二人きりで過ごしているのかと思うと、胸がざわついてくる。

「まあ……まだよくわからない話だから、あまり気にしないでくれ。懐《なつ》いてるのは確かだけど、蒼真はまるで相手にしてないし……それに馨は恋愛に関して制限が多くてつらい立場だから、鷹揚《おうよう》な父親でいたほうが身のためだと思う。蒼真のことで口出しするとキレかねないんだ」

紲は微妙《びみょう》な笑みを浮かべ、宥《なだ》めるようにキスをしてきた。軽く啄《ついば》む、可愛らしい口づけだ。

しかしそう簡単に宥められるわけにはいかず、ルイの胸のざわつきは止まらない。我が子が自分と年の変わらぬ男と……と考えるだけで、冷静ではいられなかった。性別転換が起きない血族の貴族が相手なら都合がよいのはわかるが、だからといって割り切れるものではない。

「……でもよかった。王になったらホーネット城で暮らさないといけないとか、日本にいられないとかだと馨が可哀相だし」

「大丈夫だ。今は地上のあらゆる場所を容易に監視《かんし》することが可能な時代だからな……どこで暮らしていても教会を統率することができる。何より馨の圧倒的な力を見せつけられた以上、歯向かうことなど誰にもできないだろう。よからぬ輩が純血種を作りださないよう……結局は女王と同じく貴族同士を引き離し、牽制していかなくてはならないが――」

ルイはホーネット城を修繕《しゅうぜん》し、教会の主要施設として残したまま、王の居邸《きょてい》及び教会本部を日本に置くことを想い描く。元より、紲のためにも日本で暮らしたいと考えていた。

「あの子……雛木《ひなき》っていう苗字《みょうじ》で、日本人として普通に暮らしてきたんだ。小中高一貫教育の私立の学校に通ってるんだけど、なんていうか、ちょっと自由過ぎるところがあって……あの通りタトゥー入れたりしてるし、バイトしたり教習所に通ったり、わりと気ままに生きてる。これからも状況が許す限りは、人としての普通の人生を愉《たの》しんで欲しいんだ」

「紲……」

「親馬鹿かもしれないけど、根は凄くいい子で……」

馨のことを語る紲は、聖母《せいぼ》のように優しげな顔をしていた。淫らな淫魔の姿でありながらも、とても清らかに見える。息子が可愛くて仕方ないのがわかって……ルイはそれを微笑ましいと思いながらもつい、馨が触れることのできない場所に手を伸ばした。

「……あ、っ……ルイ……？」

羽毛《うもう》の上掛けの中で紲の腰を引き寄せ、絹のローブの寝衣をたくし上げる。温かな太腿から尻のカーブに指先を這わせると、逃げる尾を摑んだ。根元を指で扱きながら、もう片方の手を胸に忍ばせる。ようやく落ち着いて柔らかくなっていた乳首を、指先でくにっと摘《つ》まんだ。

「や、あ……っ、そんなことしたら……また……っ」

「ベッドの中で他の男のことを考えるな──病気なくらい、私のことだけを求めていろ」

「……は？　な、何言って……ぁ……！」

ルイは紲の体を組み敷いて、肩と胸を露わにさせる。

少しずつ勃ち上がっていく乳首を揉みながら、もう片方に吸いついた。

指で触れていたほうが先に尖《とが》り、唇で挟んだほうは柔らかい。細めに伸ばした舌で転がすと凹み、ぐにぐにと舌で押しているうちにすっかり硬くなった。男の乳首の勃ち上がりなど高が知れているが、それでも確かに舌を押し返してくる。もっと吸ってと強請るかのようだった。

「あ……っ、は……ぅ」

「──ふ、あ……っ、ルイ……」

「！」

淫魔の尾の先が、脚の間に忍んできたその時──ルイは寝室の外から何者かの気配を感じる。紲の胸から唇も指も離すと、忽ち眉を顰《ひそ》められた。突然やめるな……と言いたげな顔で睨み上げられたが、言い訳をする間もなくノックが聞こえてくる。三階には誰も居ないはずだが、コンッと遠慮《えんりょ》がちに一度叩かれ、さらにコンコンと小気味《こきみ》よく続いた。

「お取り込み中すみません……ちょっといいかな?」

魔力を感じないうえに虜でもないので誰かと思えば、馨の声だった。

その瞬間、紲は物凄い勢いでベッドから飛び下りる。剝きだしになっていた肩を素早く隠し、寝衣を着直すなり人間に姿を変えた。裾から垂れていた黒い尾が、スゥーッと短くなって体の中に消える様子が、薄らと透けて見える。

「ルイ、これ着てっ」

紲はスリッパを履《は》きながらガウンを掴み、一着をベッドに向かって放り投げた。

自分の分は歩きながら袖を通して、腰紐《こしひも》を締め終えてから扉を開ける。

「……何？　どうかした？」

紲はほんのわずかしか扉を開けなかったので、ルイの位置から馨の姿は見えなかった。翼を出している時は微かに感じ取れた魔力も、平常時の今はまったく感じられない。しかし人間とは違う生物だということはわかり、なんとも奇妙な感覚だった。

「こんな時間に悪いんだけど、大事な話があって……まあ、急ぎってわけじゃないんだけど」

「大事な話？」

「あー……うん……でもそれはあとにして、先に教えて欲しいことがあってさ。蒼真の好きな牛肉粥《がゆ》ってどうやって作んの？　お粥《かゆ》炊《た》くとこまではやったんだけど、あとわかんない」

ルイはベッドの中でガウンを着ながら、思わぬ単語に反応する。

紲も驚いているらしく、しばし無言のまま扉を押さえていた。

「蒼真が人間に戻ったのか？　お腹空《す》いたって？」

「うん、やっと戻ってシャワー浴びてた。ステーキとかじゃなく牛肉粥が食べたいんだってさ。でも作りかたは知らないって言うからネットで調べたけどよくわかんないし……ここの厨房《ちゅうぼう》にある調味料はフランス語ばっかで読めないんだよね。紲なら匂いでわかるだろ？」

「わかるし、読める。あとは俺がなんとかするから大丈夫だ。蒼真が牛肉粥を食べたがるのは弱ってる時だし、胡麻油《ごまあぶら》の効いた温《ぬる》めの中華粥を作らないとな」

紲は扉の向こうの馨に、「着替えるから厨房で待っててくれ」と告げると、控えめに開いていた扉を閉じた。その場で軽く、ほっと息をつく。

「厨房に行くなら私も行くぞ」

「――え？」

ルイは着たばかりのガウンを脱ぐと、ベッドから下りて続き間のクローゼットに向かう。それはルイにとって当たり前の行動だったが、紲は驚き眼《まなこ》で立ち尽くしていた。

「ようやく再会できたのに、離れていられる道理がない。待っていられるのは精々五分、いや、三分くらいだ。本当は一秒だって離れていたくない」

ルイはクローゼットルームの中でシャツを選び、一緒に紲の着替えも選んだ。

ここには既製品は一つもなく、紲の体に合わせたオーガニックコットンの柔らかなシャツやパンツが揃っている。どれも二十年前に用意した品だが、虜が定期的に手を入れているため、匂いに敏感なルイでも心地好く袖を通すことができた。おそらく紲も同じだろう。

「厨房に……行くのか？　俺、今からニンニク刻んだりするんだけど……」

「一緒に行く。吸血鬼だからといってニンニクが苦手なわけじゃない。好まないが……匂いを嗅ぐくらいは平気だ」

「なんか、合わない」

くすっと苦笑気味に笑いつつも、紲は嬉しそうだった。正確には、とても幸せそうに見える。

ベッドの中ではあれほど大胆なのに、着替えるとなると隅に寄って背中を向け、隠すようにしているのが実に可愛らしくて――ルイは黙々と着替えながら紲の後ろ姿を見ていた。

二十年前の最新式調理器具や鍋が整然と並ぶ厨房で、紺はニンニクや生姜《しょうが》を軽快に刻み、牛ばら肉を細切りにする。集中できないから下がっていろと言われたルイは、五歩ばかり後ろにある業務用オーブンの前に立っていた。

真横には馨が居るが、蒼真との微妙な関係のことなど聞いたせいで、どう声をかけてよいかわからない。トントンとリズミカルに鳴る包丁《ほうちょう》の音や、食品の匂いをゴォゴォと勢いよく吸い上げる換気扇の音に耳を寄せながら、紺の背中ばかり見ていた。腰で結ばれた黒いエプロンのリボンが、動きに合わせて揺れている。

「父さん、さっきはごめん」

「！」

「あ……エッチの邪魔したことじゃなくて、戦闘の時のこと。結果的にあれでよかったんだと思うけど、途中で放棄《ほうき》しちゃって情けなかった。ダメだよな、ああいうの……なんか、蒼真がボロボロにされたの見て頭ん中真っ白になってさ……怒ってブチ切れちゃえばよかったのに、意外とそうならないもんなんだな。豹に変容する前のことはよく憶《おぼ》えてない……」

ルイはオーブンに寄りかかりながら立っている馨を見て、何をどう言っていいのかますますわからなくなる。馨は亜麻色の髪と紺に似た顔立ちを持つ吸血鬼で、確かに自分の息子なのに、骨格や肉づき、立ち居振る舞いが蒼真に瓜二《うりふた》つだった。声も自分ほど低くはなく、どちらかと言えば蒼真に近い。話しかたに至っては蒼真以上に軽く、返しかたが難しかった。

「ところでほんとに美人なんだな。ノアって奴を見た時は、大したことなくねって思ったんだけど、父さんはちゃんとイケてる感じ。やっぱ人間中身だよな」

「馨、ルイにはもっと丁寧に話しなさい」

紲は大鍋に大量の粥を注ぎながら、振り返らずに窘《たしな》める。

オーブンに寄りかかったままの馨は少しだけ肩を竦め、皮肉っぽい笑みを浮かべた。

「噂《うわさ》に違《たが》わず、お綺麗ですね」

「ご丁寧にありがとう。お前は蒼真によく似ているな。体格と表情が……そっくりだ」

ルイが思ったままのことを言うと、その瞬間に馨の顔がパッと輝く。作ったものではなく、素の表情だ。笑顔になり過ぎないよう意図的に抑えている様子だったが、それでも素なのだとわかる。やはり紲に似ていて、蒼真とは似ても似つかなかった。

「蒼真に似ていると言われるのが、そんなに嬉しいのか?」

「いや、別に……全然」

馨は急に表情を失い、無関心を装《よそお》ってみせる。

しかしそれにはだいぶ無理があり、紲も呆れ顔で振り返った。「ごめん……なんかちょっとテンションおかしいみたいだ」と、あまりフォローになっていないフォローを入れる。

「先程、大事な話があると言ってなかったか?」

「あ、そうそう。まあテンション上がるのも無理ないっていうか、もう二人に話したくてさ、いいとこ邪魔しても許されるネタなんだ」

両親の情交という——触れるべきではないところを何度も突いてくる馨に面喰《めんく》らいながらも、ルイはひたすら平静を装う。

会社を経営していた頃は世間のニーズも風潮《ふうちょう》も読めていたはずだが、しばらく離れていたので、自分の感覚に自信がなかった。ましてや日本の十代の若者の感性など、すぐに捉えられるわけがない。差し当たっては紲に言われた通り、鷹揚な父親を演じることにした。

「よい話のようだな、勿体《もったい》ぶらずに早く聞かせてくれ」

「俺、あの時蒼真に輸血しただろ、かなりたくさん……たぶん四リットルくらいかな？　あれからしばらくは回復に向かってるだけだったんだけど、さっきふと見たら蒼真の寿命が延びてたんだ。残り九百年くらいだったのに、千百年……まではいかないけど、千年ちょっとくらいまで延びてた。試しにもう少し輸血したら、さらに延びたんだ……っ」

馨はルイと紲の顔を交互に見ながら、やはり笑顔になり過ぎないよう表情を抑えていた。それでもわかる——体中の細胞が踊りだしそうなほどの喜びに満ち溢れていることが、馨のことをまだろくに知らないルイにもわかる。

「寿命が、延びた……」

ルイが馨の言葉をなぞると同時に、紲が握っていた菜箸《さいばし》を落とす。

カラーンッと高い音が響き、しばし沈黙が過《よぎ》った。紲の視線は馨の唇に集中する。

——純血種の血を輸血することで……寿命が延びた。血族だから、か……？

ルイは馨が何か喋《しゃべ》るより先に、純血種の血の秘密に想いを巡らせる。

真っ先に頭に浮かぶのは女王の顔だ。恨《うら》めしい気持ちはまだ残っているが、それでも女王が自分の先祖を深く愛していたことは疑いようがなかった。もしも自分の血で愛した男の寿命を延ばすことができたなら、当然そうしていたはずだ。しかしできなかった——自分の血を血族以外の者に与えると、拒絶反応で死なせてしまうことを知っていたから——。

「女王は、俺にこのことを知られたくなかったんだろうな。たぶん自分が味わったのと同じ、永遠の孤独を俺にも味わわせたかったんだ」

馨の言葉通りだと、ルイも思った。けれどそれだけではないのかもしれない。

女王は確かに残酷《ざんこく》で憎むべき存在だったが、魔族戦争を防ぐことや、魔族の存在を人間の目から隠すことには長年力を注いでいた。それは私利私欲だけとは思えないほど徹底《てってい》しており、死の間際に新しい王と宰相を任命したことからも受け取れる。

あの遺言がなければ、今頃は多くの新貴族が馨やルイに歯向かい、命を落とすことになっていたかもしれない。果ては城の外の世界でも、復讐や諍《いさか》いが延々と続く危険があった。

女王が守ろうとしたのは、魔族だけの閉じられた世界——。必要なのは統率のための厳しい掟と、恐怖政治だ。女王と違うやりかたをしたいと思っても、根本的な部分は変えようがない。

自分は他の魔族を締めつける側になったのだと、ルイは改めて思い知った。

たとえどんな手段を使っても、純血種の誕生を防がなければならないのだ。愛する者を守るためだけではなく、魔族社会を守るためにも——。

「馨、それは誰にも他言してはならない秘密だ。気づかれてもいけない」

「……っ」

「血族の純血種の血を輸血すれば、寿命が延びる――そんなことが知れれば、なんとしてでも純血種を作ろうとする輩が出てくるだろう。お前が誰かの寿命を延ばせば……いつかは秘密が漏れて、危険因子を増やすことになってしまう」

「それでも……っ、俺はやるよ。やめられない」

ルイは必死になる馨を見つめながら、近づいてきた紲と身を寄せ合う。

自分も紲との寿命の違いに胸を痛めていた時があったので、馨の気持ちはよくわかる。

馨はいつかやって来る孤独を恐れているのだ。瀕死の蒼真を見て、独り取り残される恐怖が現実的になったのだろう。それもまた、ルイにはよくわかる痛みだった。

「蒼真にだけじゃない……紲にも父さんにもやるよ。力尽《づ》くでもやる。俺の長生きに三人揃って付き合ってもらうから、そのつもりでいてくれ」

馨は真剣な顔で言い切ると、そんな自分の表情に気づいたかのように唇を引き結ぶ。親への愛情を堂々と見せられる年頃ではないらしく、かといってはぐらかす問題でもなく、いったいどんな顔をすればいいのか迷っている様子だった。

「これまでは言わなかったけど、紲の寿命……百年切ってるんだからな。父さんもぎりぎりだ。ただでさえ離れてばっかだったのに、そんなんじゃ足りないだろ？　無制限に造血できる俺の血で、千年でも二千年でも延命して一緒に居るべきだ。俺と……っていうより、二人がっ」

「馨……」

紲が漏らした声に反応し、馨は眉をきつく寄せる。暗紫色の瞳は微《かす》かに潤んで見えた。

「俺は……っ、女王を倒すために生まれてきたんだって思ってたけど、それだけじゃなかった。こんなの当たり前に喜んだっていいだろ？　早く死ぬはずの紲や父さんがいつまでも生きてておかしいとか、そう思われるならそれでいい。純血種を作らせないよう千里眼《せんりがん》を使い捲《まく》るし、それでも敵が現われたら倒せばいい。今度こそ絶対に、最後までちゃんと戦う！」

熱を帯びた馨の眼差《まなざ》しに、ルイは自分の血を感じ取る。

孤独を恐れる心も、愛する者の命をどうあっても長引かせたい想いも、本当に痛いほど胸に沁みた。どう接してよいかわからなかった馨に対して愛しさが募り、堪らずに足を進めて手を広げる。抱き締めたくて仕方なかった。もう赤子ではないけれど、愛する気持ちは変わらない。

「――っ、父さん……」

ルイは自分と同じ背丈《せたけ》の息子を、両手でしっかりと抱き締める。

こうする日を何度も夢に見た。実際に会ったら自分にはあまり似ていない気がして、色々と惑わされてしまったが……馨は間違いなく自分の息子だ。愛の結晶《けっしょう》であり、紲と自分の愛そのものを守ろうとしてくれている――。

「私は自分の子供をこの手に抱いたことが一度もない。お前に会ったら真っ先にこうしたいと、ずっと思っていた。少し遅くなってしまったが……」

ルイは両手を馨の背中に回して、翼が生えてきそうな肩甲骨に触れる。

筋肉量は自分を上回るほどあり、獣人系悪魔の血を感じさせるものだった。

しかし肌からは薔薇の香りがする。これまで嗅いだことのない新鮮な香りで、何にも増して若さと瑞々《みずみず》しさが前面に出ていた。女王が腐敗《ふはい》して黒ずんだ薔薇の香りの持ち主なら、馨は今まさに咲き誇らんとする白薔薇の香りの持ち主だ。

紲のホワイトフローラルブーケの優しさや蜜林檎の甘さ、そして蒼真が放つ東洋の神秘的な茉莉花の芳香も兼ね備え、多彩でありながらきりりと涼《すず》しげな爽《さわ》やかさを保っている。香水の如く調和が取れており、馨自身が、天才調香師が創作した最上のエクストレのようだった。

「お前の力に頼ったのは事実だ。だが私にとっても紲にとっても、お前はただ存在してくれるだけで意味のある息子だ。私達の間に生まれてきてくれて、ありがとう」

「……っ」

「お前を愛している」

ルイは馨の耳に直接注ぐように告げて、頬に唇を寄せる。

東洋人らしい滑らかな肌に唇を押し当てて、より強く抱き締めた。

愛の言葉は返ってこなくても、抱擁《ほうよう》とキスは返ってくる気がしていた。

馨の唇が自分の頬に触れたり、馨の両手が背中に回されたりする瞬間を、心待ちにせずにはいられない。

「――っ、そ……蒼真が……っ、待ってるから……」

ルイの期待は外れ、腹の辺りに手が当たった。ぐぐっと押されて逃げられてしまう。

しかし期待以上の顔が見て取れた。頬はもちろん、耳や首まで真っ赤に染まった顔だ。

瞳もより一層潤み、春情《しゅんじょう》に火照った時の紲に似ている。もう一度両手を広げて抱き締めたいくらい愛しくなった。……が、馨は顔ごと目を逸らして、調理台にある鍋に向かっていく。

「紲っ、これもうできてるよな。持って行っていい？」

「あ……うん、でもまだ熱いから、人肌くらいに冷ましてから出すように気をつけて」

「ありがと、じゃあまた……っ」

馨は両手に結界を張ったらしく、熱い鍋ごと素手で掴んでひょいっと持ち上げると、ルイと目を合わせずに厨房を出て行く。後ろから見える耳や首は、やはり真っ赤だった。

ジーンズに包まれた長い脚が見えなくなり、廊下を進む足音が聞こえてくる。

しかし足音が遠ざかることはなく、馨は途中まで行って戻ってきた。

視線こそ合わせないものの、「食器忘れた」と紲に要求する。

「どうやって食べさせるのかと思った」

紲はくすくすと笑いながら、調理中に用意していたトレイを差しだす。

結局馨は鍋を片腕に抱きかかえ、もう片方の手で食器類の載ったトレイを手にした。そして紲から、「ここ片づけたら行くから」と言われると、ようやくチラッとルイのほうを見る。

「じゃあ……あとで、また」

会釈をしたようなしないような、よくわからない動きをみせた馨は、今度こそ本当に厨房を出て行った。

「――ルイ」

二人きりになると紲が目の前に来て、少しだけ背伸びをする。

馨にキスをされたかった頬に口づけられた。さらには抱擁も、馨の代わりにしてくれる。

「あの子は日本の普通の高校生の感覚を持ってるから、父親とハグとかキスとか無理なんだ。面と向かって愛してるとか言われると、逃げだしたくなるんだと思う……本当は嬉しいのに」

「昔のお前のようだな」

「――う……」

ばつが悪そうに苦笑いをしつつ、紲は両手に力を籠めてくる。ぎゅっと抱きつく体は、少し震えていた。抱き返すとなおさら震えて、「ルイ……」と漏れる声にもそれが顕著《けんちょ》に表れる。

「紲、大丈夫か？」

あと百年の命だと思っていたのに、急に永遠の夢を見せられれば動揺するのは当然だった。

元は使役悪魔だった紲の寿命は、本来ならもう尽きていてもおかしくはない。半異体悪魔に進化したことで百年延びたが、その先は疾《と》うに諦めていたはずだ。

「延命のこと、お前の言う通りだってわかってはいるんだ。本当は、不自然なことをして馨の立場を危なくするべきじゃない。永遠の命は、やっぱり魅力的《みりょくてき》だし……そうでなくても謀叛《むほん》を起こした以上、同じことをされる可能性は十分に考えられるわけだから」

「紲……」

「今は夢みたいに幸せだけど、これから大変だってことはよくわかってる。結局、ひっそりと穏やかに暮らすわけにはいかないし……」

ルイは紲を抱き締めながらも、何も言わなかった。紲はすでに、この先の現実を見ている。あえて言葉にする必要がないくらい、自分の恋人と息子がホーネット教会を支配することの意味を理解しているのだ。

「それでも嬉しいって思った。お前の寿命があと百年くらいしかないことは周知の事実だから、そのうち隠れて生きなきゃならない日が来るんだろうけど……」

ルイは紲の震えが止まるのを見届けて、亜麻色の髪に頬を埋める。

逃亡していた頃は二人で静かに暮らしたかっただけで、力など求めてはいなかった。しかし自由になるために女王を倒し、王座を奪う必要があったのは事実だ。いまさら権力を解放して、民主主義の社会に変えることは決してできない。

魔族は力がすべて——純血種は唯一無二の絶対的存在であり、不壊のヒエラルヒーの頂点に君臨《くんりん》し続けなければならないのだ。いずれ魔王としての責務が馨を悩ませ、紲の胸を痛ませることもあるだろう。情け深く優しいばかりの支配者など、あり得ないのだから——。

「ルイ……お前と、馨と蒼真と生きていきたい。これから何があっても泣き言は言わない」

紲は真っ直ぐに顔を上げ、亜麻色の瞳を濡らしながら微笑んだ。

紲が生に執着していることを、ルイは心から嬉しく思う。モラルに則《のっと》って生きる性情に反し、闇《やみ》に堕《お》ちて生にしがみつく覚悟があるのなら——自分もまた、どこまでも堕ちて行けるのだ。

「紲……私は王座を狙って純血種を作ろうとする者には容赦《ようしゃ》しないが、純粋《じゅんすい》に愛し合う者達を罰《ばっ》するのは避けたいと思っている」

「ルイ……」

「教会にはいくつもの研究機関がある。貴族悪魔の性別転換を防ぐ方法を見つけだし、お前や馨がつらい想いをしなくて済むよう尽力したい。人を恋《こ》う気持ちは止められないことも、愛し合う者達が引き裂かれる苦しみも私はよく知っている。誰かを好きになったせいで女性化し、見せしめに殺されるようなことは二度とあってはならないのだ。だがそれでも……」

ルイは紲の頬を両手で包み込みながら、潤う瞳の中に自らを見出《みいだ》す。

これからもずっと、こうして真っ直ぐに見つめてもらえる自分でありたいと思った。

「それでも手を汚す時が来るかもしれない。その時は我慢なんてしなくていい。私を詰《なじ》って、泣いても喚いても構わないから、どうか私について来てくれ。私を――お前の夫にしてくれ」

ルイの言葉に、紲は考える間もなく頷く。両手が添えられたままの顔を縦に振るなり、身を伸ばして口づけてきた。表情が見えないくらい濃密で、いきなり深い口づけだ。

「……ん、ぅ」

「――ッ……」

お互いの顔に触れながら、唇を食むように味わう。

ゴォゴォと鳴り続けている換気扇《かんきせん》の音と、粘質《ねんしつ》な接吻《せっぷん》の音ばかりが響いた。

むせ返る蜜林檎の香りの他に、ルイは薔薇の香りまで感じ取る。普段はあまり感じられない自分の匂いが、今は力強く香っていて――朝摘みのローズ・ドゥ・メの如く立ち上る。脳裏に真紅の薔薇が浮かんだ。ねっとりとした林檎の蜜が、天鵞絨《ビロード》の花弁を撫でる様が見えてくる。

「ふ……う、っ……！」

「……ン……ゥ……ッ」

息もろくに漏らさずに顔を交差させながら、ルイは前進し、紲は後退した。

廊下から死角になるパントリーの入口に身を寄せて、柱の陰《かげ》に隠れるように立つ。

こんな所で——と思う気持ちはあっても堪え切れず、きつくなった脚衣を寛《くつろ》がせた。

紲もルイの唇に吸いつきながら、エプロンを捲り上げてズボンのファスナーを下ろす。

「……は、ん……っ！」

ルイは紲の下着に手を伸ばし、途中までずり下ろしてから腰を掴んだ。壁沿いに抱き上げ、腰の位置が合う高さまで持ち上げる。紲の背中を壁に押し当てるようにして、緩めたズボンや下着を纏ったままの脚を開かせた。

「う、ぅ……っ、ん——っ！」

「——ッ！」

紲の唇を塞いだまま、自らの雄を握って後孔を突く。

エプロンが邪魔して紲の昂りも自分の物も見えなかったが、淫蜜に濡れるそこに劣情を捩じ込むことができた。ずぶりと生々しい音がして、肉と肉が透明な蜜を絡めながら擦れ合う。

ルイは紲の膝裏を両手でしっかりと掴み、壁際に向かって腰を突き上げるように揺らした。

紲の体重が屹立の根元にかかって、意識が飛びそうなほどの快楽に呑み込まれる。腰を強く寄せれば寄せるほど気持ちよく、気づけば無我夢中で紲の体を突いていた。

「……ルイ……ッ、あ……ぁ！」

キスなどしていられなくなった紲は、首の後ろに手を回してしがみついてきた。

パントリーの扉の横の壁に張りつきながらも、わずかに腰をうねらせる。ルイを捕らえて、蠕動《ぜんどう》する肉洞で上下に扱くように締めつけた。花弁が二枚離れるように開いた唇からは、甘い唾液が溢れだす。赤と紫に変わった瞳と共に、唇が淫靡な光を放っていた。

「──紲……っ、愛している……私の紲……っ」

「ふ、あぁ……ルイ……ッ、好き……っ、あ……愛、して、る……」

濡れた睫毛を伏せながら、紲は肩に顔を埋めてくる。

表情を見せないようにして、もう一度「愛してる」と告げてきた。

これまで一度も聞いたことがないくらい明瞭に、その言葉が耳に届く。

「……紲……っ！」

「ん……あ、あ……っ、ぁ！」

ルイは腰をさらに激しく動かし、紲の背中を壁に埋め込まんばかりに強く突く。

紲もまた、より熱烈な結合を求めていた。繋がった所から尾の尖端を忍ばせて、媚肉の中にあるルイの雄に絡ませる。狭い肉の道を絶えず動き続ける屹立に、何周かわからないほど巻きつけて──果てはルイの鈴口の先から、精管の中まで挿入した。

「……ウ、ッ……！」

「ルイ……ッ、お前は……俺の……っ、もう二度と、放さない……！」

紲は途切れながらも強い口調で告げると、シャツ越しに爪を食い込ませてくる。

肩や背中を引っ掻き、耳をしゃぶり、何度も何度も名前を呼んできた。

はち切れんばかりに昂ったルイの怒張《どちょう》が、紲の中で重みを増す。

息を詰めて二人——狂おしく互いを求め合った。

壁に押しつけている紲の背中が痛むのをわかっていても、突くことをやめられない。

ルイ自身もまた、紲の爪によって与えられる痛みに酔った。

「——ッ‼」

声はなく、息すら殺して吐精《とせい》する。

精管の中に刺さって蠢いていた紲の尾を、弾き飛ばす勢いだった。

淫魔の吸収速度を上回る量の精液が、どぷりと溢れて床の上に落ちて行く。

紲の愛を上回った気がして、とても心地好かった。ルイとて紲に愛されたい想いは強いが、そこは一生負けたくない。

「——紲……」

「ルイ……ッ」

腕に抱いた愛しい人は、びくんびくんと震えながら縋ってきた。

黒いエプロンの裏側から表面へと、白い染みが浮いてくる。見た目も匂いも堪らなく淫らで、そしてどうしようもなく幸せだった。

エピローグ

ホーネット教会本部が東京に移転して三ヶ月――季節は秋になっていた。

紲はルイと共に、横浜の高台に建つ古い屋敷で暮らしている。スーラ一族と少しばかり縁《えん》のあった旧華族が建てた屋敷で、眼下に広がる丘は桜《さくら》の木で覆われていた。今は秋なので格別な風情はないが、春には桜の海の向こうに水平線を望めるらしい。

丘を擁する高い塀に囲まれた敷地は広く、さらに周辺一帯の家屋敷を教会が買い上げたため、近隣《きんりん》住民はルイの虜や蒼真の眷属ばかりだった。人目を避けて静かに過ごすことができる。

心配していた薔薇の移植にも成功し、紲にとっては気に入りの新居になっていた。

何よりこれからが楽しみでならない。今はルイと二人暮らしだが、東京の大学に推薦《すいせん》入学が決まっている馨も、四月からはここに移り住むことになっている。

紲やルイにとっては願ってもない話で、特にルイは馨が蒼真よりも自分を選んでくれたと思い込んで、甚《いた》く喜んでいた。今から馨の部屋をリフォームしたりバイクや自転車用の駐車場を新設したりと、春が来るのを心待ちにしている。

その思い込みが勘違いだということを紲はわかっていたが、しかし馨が蒼真と離れることを決めた経緯《いきさつ》は聞いていない。なんとなく想像はつくものの、推測の域を出なかった。

東京に教会本部を置くことによるルイの都合や、豹の性質的な問題を考えて――ルイと紲は東京近郊に、蒼真は軽井沢に残ると決めた時点で、馨は長野や群馬辺りの大学を選んで蒼真と暮らし続けることもできたのだ。けれどそうはしなかった。

ただし、あくまでも実家は向こうという考えらしく、引っ越し後も週末は軽井沢に帰ると言っており、逆に今は月に一、二度しかこちらに来ない。しかも泊まりもしないという差をつけてはいるが、それでも蒼真と少し距離を置くことにしたのは、何かしら思うところがあるのだろう。

一緒に居るとしつこくしてしまうので、本格的に嫌われるのを避けるためか、叶わぬ想いを諦めるためか、二人きりで暮らして自制が効かなくなるのを恐れているのか……それとも他に何か別の考えがあるのか――いずれにしても馨の成長のひとつだと思い、紲は心から歓迎している。蒼真にとっても馨との接触はそのくらいが丁度よいのだ。もちろん紲も時々一緒に行くつもりでいる。

「これ、よかったらどうぞ。俺が作ったんで、口に合うかわからないけど……」

馨や蒼真のことはさておき、紲は今、ただならぬ緊張の最中《さなか》にある。

薄い夕闇の下、一年中咲き誇る薔薇を愛《め》でつつ夜の茶会を開いていた。

秋の庭は些《いささ》か冷えるが、客人は雪が降っていようと動じない体の持ち主だ。

「紲のタルトはプロのパティシエが作った物にも劣らない。今夜のタルトは、濃厚な丹波栗《たんばぐり》と甘さを控えたクリームを使った物だ。私の口に合うのだから、お前の口にもきっと合う」

「はい、いただきます」

円卓《えんたく》を三人で囲みながら、紲は客人――ノア・マティス・ド・スーラの姿を注視していた。

ルイと同じ姿で来たならこれほど緊張したりはしなかったが、三ヶ月ぶりに会ったノアは、普通の人間の二年分ほど髪が伸びていた。蒼真も急激に髪を伸ばしたりすることがあったので、それ自体は驚くことではないのだが――伸ばすと真っ直ぐになる艶やかな髪と黒く塗られた爪、ルイが絶対に着そうにないレザージャケットとパンツという出《い》で立《た》ちに度肝《どぎも》を抜かれた。

彫金師集団ダークエルフに作らせたという、存在感のある指輪やネックレス、ブレスレットまで身に着けており、重そうなプラチナにカラーダイヤモンドを散りばめるという――紲にはよくわからないこだわりを見せている。

しかしながらバランスの取れた長軀にフィットする上質な黒いレザーと、ざっくり編《あ》まれた白銀のシルクニットがよく似合っていて、結局のところ綺麗に着こなしていた。優雅な動作でタルトを食し、栗と相性のよいアッサムミルクティーを口にする。自然豊かな庭やナチュラルウッドのテーブルが似合わずに浮いていたが、とにもかくにも美しい。

「どうだ？　なかなか美味だろう？」

ルイが訊くと、ノアはタルトを半分食べ終えたところでフォークを置いた。

おそらく不味いと思っても不味いとは言わないだろうと思ったが、別段悪気もなく「素人《しろうと》が作ったわりには美味《おい》しいです」くらいの返しをするかと思っていた紲は、至極《しごく》普通に「はい、とても美味しいです」という言葉を耳にする。

社会に迎合する気がまったくなさそうな、反骨精神と選民意識が混ざり合って自己顕示欲《じこけんじよく》で塗り固められたような恰好で来たわりには、素直で礼儀正しかった。

この奇抜《きばつ》な服装にも理由があるらしく、会ってすぐにルイが、「何故そんなおかしな恰好をしてるんだ？」とストレートに訊くと、ノアは「色々試していて……今はこれが気に入っています」と答えた。いわゆる自分探しの最中のようだ。

「今宵《こよい》は……陛下はいらっしゃらないのですか？」

「馨はまだ軽井沢で暮らしている。お前を招待したから来るようにとは言ってあるが、本当に来るかどうかはわからない。豹の血が入っているせいか、少々気まぐれなところがあるのだ」

「ごめん……っ、難しい年頃なんで、頭の切り替えが案外早くないって言うか……」

紲は咄嗟《とっさ》にフォローを入れたつもりだったが、年頃というならノアも同じだと思いだした。

服装や髪形のせいで今はルイより若く見えるものの、それでも実年齢よりは十歳ばかり上に見えてしまう。

「お気になさらず。こうして新しいお屋敷に招待していただけること自体、身に余る光栄だと思っています。私は、貴方がたに本当に酷いことをしましたから。陛下には、ご挨拶《あいさつ》だけでもしたいと思っていましたので、お会いできないのは残念ですが……」

しっとりと落ち着いた話しかたで殊勝《しゅしょう》なこと言うノアを前に、紲は何か悪い物でも食べさせてしまったのでは……と心配になる。

「馨のことを陛下と呼ぶ必要はない。お前は弟なのだから、兄上と呼びなさい」

「――兄上……ですか……」

「ルイ、そんな急に強要しなくてもっ」

ルイは彼自身の感覚で普通のことを言っているだけだったが、紲には冷や汗ものだった。

馨のことを「陛下」と呼ぶだけでも、ノアにとっては覚悟が必要だったはずだ。

「私には、自分の立場がよくわかりません。あの時、私は結局運命に任せただけで、どちらの味方についたわけでもありませんでしたから。陛下を兄上と呼ぶのは……血の繋がりに頼って阿《おもね》るようで、些か抵抗がありますす」

ノアは心の内をありのままに語っているらしく、瞳には戸惑いや悲しみが見て取れた。

王の異母弟であり宰相の息子であり、そしてスーラ一族の主でもあり、女王という後ろ盾を失ったからといってそれほど零落《れいらく》したわけではないのだが——目に見えるものだけではなく、彼が失ったものがどれだけ大きかったのかを、紲は考えさせられる。

慕っていた義母を亡くしても、ノアはその淋しさを誰かと分かち合うことができないのだ。

ノアを幼い頃から称《たた》えていた新貴族達は、最早ノアを裏切り者としか思っていない。

自分というものはなんだったのか、いったいどんな価値があるのか……本当は何が好きで、何をしたいのか、急にわからなくなって思い悩んだことだろう。それまで持っていると思っていた自信や自我を失った彼は、それらを探し求めているのではないだろうか——。

「心配しなくてもお前の立場は明確になる。ここに呼んだのは、何も新居を披露《ひろう》するためだけじゃない。お前がこれまで通りホーネット城に住んでいたいと思っているなら、今後は王弟として城の管理をして欲しい。スーラ城も含めて、ホーネットの森全体を任せたい」

「――ホーネットの森を……私が……」

「東京に本部を置いたとはいえ、魔族を日本に集結させるわけにはいかないからな。大人数が集まる定期集会や各種式典の際は、これまで通りホーネット城を使うしかない。普段はお前が結界を張り、魔族が集う場所を守ってくれ」

「父上……生憎《あいにく》と私は純血種ではありませんので、森全体に結界を張るのは無理です」

「結界は最低限の範囲で構わない。人間が迷い込まないよう、スーラ一族の使役悪魔を使って森を包囲し、これまで以上に見張りを徹底させろ。近隣の獣人達にも眷属を提供するよう話をつけてある。新貴族以外は協力的だ」

「はい、承知しました」

ノアの答えを聞いて、ルイは胸を撫で下ろしたようだった。

それほど露骨《ろこつ》に表情を変えたわけではないが、細にはわかる。普段からルイはノアのことを気にしていて、新貴族に責められたりつらい目に遭わされたりしてはいないかと、イタリアに密偵《みってい》を送って調べさせているようだった。

「複雑な想いはあるだろうが、髪を伸ばしても服装を変えても、お前が謀叛人の血族であることは変えようがない。身を守るためにも、王弟であることを受け入れて生きて欲しい」

ルイはそう言ってからさらに、「一族は好きにして構わないが、お前に何かあっては困る。私の魔力だけではなく、愛情も注《そそ》がれた身であることを忘れないでくれ」と、真顔で言った。

謦なら絶対に照れるところだが、ノアは少しはにかんでから殊勝な顔をして、「ありがとうございます。父上に気にかけていただいて、私はとても幸せです」と答える。

お国柄や貴族的な感性も多分に影響しているのだろうが、傍《はた》から見ていて——子供の時から毎日顔を合わせてきた親子はやはり違うな……と思わされる空気があり、馨をルイに会わせることができなかった紲には、少しばかり苦い感覚だった。

「——私からも父上にお話ししておきたいことがあります。いまさらなことではありますが」

間に座る紲を余所《よそ》に二人は管理に絡む話をしていたが、それが一段落するとノアはタルトの残りを食べ、紅茶を口にしてから話を切りだした。

紲はすぐに、「俺は席を外すよ」と言って立ち、紅茶のお代わりを用意しようと考えたが、その前に「ご一緒に」と誘われる。結局また座って、ルイと顔を見合わせた。

「ひとつ確認したいことがあるのですが……陛下の……いえ、兄上の血を輸血された李蒼真のことです。これは推測に過ぎませんが、もしかすると寿命が延びたのではありませんか?」

「——っ」

誰にも知られてはならない秘密を突然言い当ててきたノアを前に、紲は愕然《がくぜん》とする。

しかしルイは顔色を変えず、「何故そんなことを?」と抑揚《よくよう》のない声で訊き返した。

「義母上の部屋で独り静かに過ごすようになって、気づいたんです。というより、忘れていたことを思いだしました。以前、義母上が妙なことを言っていたことがありまして——」

ノアは女王の言葉を反芻《はんすう》しているかのように、切なく淋《さび》しげな顔をする。

そのまましばらく黙っていたが、不意に顔を上げた。

夕風にわずかに揺れる長い黒髪の間で、未だ拭えぬ悲哀《ひあい》を湛えた瞳が光っている。

「義母上は私を息子として愛し続けると決めたことで、先祖の複製……『スーラ』として扱うことはできなくなりました。それは確かに事実ではあるのですが、父上のことを死ぬまで城に監禁しようとしたのは、それが理由ではないのです」

「ノア、私は女王が何を考えていたかなど興味はないし、聞きたくもない」

「いいえ、聞いてください。いつからなのかはわかりませんが、義母上は父上のことを単なる身代わりとしてではなく、ルイ・エミリアン・ド・スーラという個人として見るようになっていました。でもそれを認めたくなかった……だから特別酷く扱い続けたのです。本当は私とは無関係に貴方を手放したくなくて、どんな手を使ってでも延命させたくて仕方なかった」

途中まで本気で聞きたくなさそうにしていたルイは、延命という核心《かくしん》に迫るなり大きく反応する。紲もまた、目を剝いて聞き入った。

「ある時、義母上が言っていました。『時が来たらスーラの子を産むつもりだ』と……確かにそう言っていたのです」

「──っ、私の子を？」

「はい、当然その子は純血種になりますから、私は義母上が何を言っているのかわからなくて戸惑いました。『そんな子供が産まれたら火種《ひだね》になるのでは……』と訊ねると、義母上は意味深に笑って、『幼いうちに殺せばよい』と、そう答えたのです。その時には、まったく意味がわかりませんでした。何故父上の血を引く純血種を産み……そして殺す気でいるのか……」

紲はノアの話を聞きながら、彼が何を言いたいのか、そして何故蒼真の寿命が馨の血で延びたと判断したのか、そのすべてを理解する。ルイもまた、血色を失っていた。

「混血悪魔の寿命を延ばす方法が、血族の純血種の血液を輸血することだと仮定すると、あの戦いの時の義母上の言動も含めて辻褄《つじつま》が合います。人目のある場所で兄上が李蒼真に輸血し、奇跡的な回復をさせてしまったら、純血種の血の秘密を推測される危険がある……現に血族にとって特効薬になるのだということは、誰もが知ることとなってしまいました。それだけではなく延命まで可能だと知られれば、禁を犯してでも純血種を作ろうとする輩が増えてしまう。だから義母上は血の繋がらない貴族淫魔を捕まえて自らの血を輸血し、純血種の血は猛毒だと主張したんです。そうすることで、兄上が李蒼真に輸血するのを阻止し——果ては魔族社会の平和を守ろうとした」

ノアは仮定と言ってはいたが、確信しているのは目を見ればわかった。口調には迷いがなく、口を挟む隙もない。

女王の動機については——紲達の側から見れば、馨に自分と同じ孤独を味わわせたいという復讐《ふくしゅう》の一念が強くあったように思われるが、おそらくノアの言い分も誤《あやま》りではないのだろう。

「過去に、私達の先祖を延命させなかった理由はわかりません。その頃はまだ延命方法を知らなかったのかもしれませんし、恋仲にあった人の子を……養分にするためだけに産んで殺すという選択肢《せんたくし》が当時はなかったのかもしれない。真実は知る由《よし》もありませんが……でも義母上のためではなく父上のために、私はこのことを伝えておきたかったのです」

「ノア……」

「父上は歴代当主の中で唯一、先祖の呪縛《じゅばく》を自力で解きました。そしてそこには紲様の存在が大きく関係しているのではないかと、私は思っています」

ノアはルイから紲へと視線を移し、風に流れる黒髪をそっと整えた。

おもむろにルイの手が伸びてきて、紲はテーブルに添えていた指を握られる。

いまさら何を聞かされたところで、女王に同情する気もなければ、いつまでも憎む気もない。それはルイも同じだと思った。それに紲は、ルイが女王から一人の男として執着されているのではないかと、元々疑っていた。その疑いが濃くなったのは、女王の最期を見た時だ――。

「……！」

何をどう返すべきか迷っていた紲は、屋敷に近づいてくる蒼真の魔力に気づく。

血族の紲が一番早かったが、すぐにルイやノアも反応した。紲が「蒼真だ……」と呟《つぶや》くと、程なくして車が近づいてくる音や、正門の扉が開かれる音が聞こえてくる。

「蒼真が来るとは思わなかったけど、来たみたいだ。たぶん馨も一緒だと思う」

紲は席を立ち、続いて立とうとしたノアに「座ってて」と声をかけた。

ルイも残して独り正門に向かうと、迎えにいくまでもなく馨と蒼真の姿が見えてくる。

ライトアップされた庭の円卓とは少し離れた、薔薇園と建物の間で合流する形になった。

馨は免許証を手に持ち、「見て見て、車も一発合格」と言いながら印籠《いんろう》のように掲《かか》げている。

隣の蒼真は、今夜は金髪にカーキ色のジャケットと豹柄のインナーという恰好で、「渋滞《じゅうたい》で疲れた。早く変容したい」とぼやく。一ヶ月ぶりの再会だが、二人とも相変わらずのようだ。

「無事に合格してよかったな。調子に乗らずに安全運転を心掛けなきゃ駄目だぞ」

「はいはい、こっちに越して来たら買い物とか付き合うよ。銀座でもどこでも行けるし」

紲は自慢《じまん》げな馨の腕に触れ、「それよりちゃんと感じよくしなさい」と耳打ちする。

馨はもう一度「はいはい」と言いながら、紲の頭越しにテーブルのほうに目を向けた。

「あれ？　アイツ……なんか髪長くなってない？」

馨はノアの変化に気づくなり歩きだし、紲は蒼真と一緒に後を追う。

庭園の中央に戻った時には、ノアが立ち上がって一礼していた。

「ご無沙汰《ぶさた》しております、兄上」

ルイと同じ顔でありながら、誰でも見分けがつくようになったノアは、神妙《しんみょう》な顔で挨拶する。

その姿と兄上という言葉に呆然《あぜん》とした馨は、しばし無言で突っ立っていた。

「……お気に障《さわ》りましたか？」

「あ、いや……いいんだけど……ちょっとビックリしたっていうか、あー……髪、いいねそれ。服もなんかいい、すげぇ似合う」

「ありがとうございます」

馨とノアが普通に話している姿は感慨《かんがい》深く、紲は二人の姿を黙って見ていた。

しかし会話は続かずに、漂《ただよ》う空気は張り詰めている。紲は自分が割って入るべきだと考え、ここはひとつ、「さあ座って。今お茶の用意をするから」とでも言おうかと思った。

ところが口を開きかけた途端、蒼真がずいっと割り込んでくる。

「ノア、屋敷の中は案内してもらったのか？」

「あ、いえ……まだです」

「それなら馨に案内してもらえよ。この屋敷にはちゃんとお前の部屋があるんだぜ。もちろんゲストルームじゃなく、ルイと紲がお前のために用意した部屋だ」

「……っ、私の部屋が？」

「なかなか豪勢《ごうせい》な部屋だったぜ。今から二人で行ってこいよ」

蒼真は珍《めずら》しいほどにこやかに語り、馨の腕を摑んで二人の体をぐいっと近づける。

部屋のことを聞いてルイのほうを振り返るノアと、明らかに困惑気味《こんわくぎみ》の馨の背中をそれぞれ押すと、屋敷に向かって強引に歩かせた。

「蒼真……っ、なんだよいきなり」

「大人には大人の話があるんでね、しばらく三人だけにしてくれ」

如何《いか》にも正当な理由があるかのように言われた馨は、しぶしぶノアと共に歩きだす。

それでもまんざらではない様子で、「大人って、自分の都合で子供扱いしたり大人扱いしたりすんだよな」と、ノアに向かって皮肉《ひにく》っぽく笑った。

「お前の部屋凄いぜ、俺の部屋より金かかってるし。なんかアンティークとか？　よくわかんないけど猫脚の古くて高そうな家具をコンテナでフランスから運ばせたんだってさ。俺の趣味じゃないけど、お前には似合いそう」

「そうでしたか、アンティークはとても好きです。最近はレザーに嵌まっていますが……」

「ああいいね、俺も好き。部屋余ってるからどっか好きにしちゃえば？　他にも豹柄だらけの部屋とかあるし、遠慮《えんりょ》しなくていいんじゃね？」

馨とノアの会話に耳をそばだてながら、紲は予想外に穏便に済んでいることにほっとする。

アッサムミルクティーの香りが漂うテーブルの前に、蒼真と紲、そしてルイの三人が残った。

屋敷の中に消えていく大きな子供二人の背中を目で見送って、その姿が見えなくなってから改めて顔を見合わせる。

「蒼真、大人の話とはなんだ？」

「そんなの口実に決まってんだろ。ノアを見たらいいこと思いついちゃってさ——凄い名案」

「名案？」

ルイは木製の椅子に腰かけたまま、訝《いぶか》しげな顔をして蒼真を睨み上げた。

紲も蒼真の横顔を見つめ、なんとなく……悪巧《わるだく》みの匂いを感じ取る。

「馨には特定の恋人が必要だろ？　女だと問題あるし、血族以外の男もまずいし、だからさ、ノアとかよくない？　なんたって血族だし美人だし、二人きりにすればきっとそのうち……」

「——ッ！」

ルイは突然立ち上がり、テーブルの上のカップや皿をカシャーンッ！　と鳴らす。

こうなることが予《あらかじ》めわかっていたであろう蒼真ですら、驚くほどの形相《ぎょうそう》だ。

「冗談じゃない！　二人とも私の息子だぞ！」

余程激昂《げっこう》したのかルイはフランス語で叫ぶと、続きは日本語で「邪魔してくる」と言い残し、屋敷に向かって走りだした。血相《けっそう》を変え、それはもう凄まじい勢いで子供達を追いかける。

「蒼真……っ」

紲は愉快《ゆかい》げに笑う蒼真の背中を叩き、ついでに耳を引っ張った。

ところが少しも応えていない彼は、人型のまま首を摺《す》り寄せてきて、ゴロゴロと猫撫で声を出す。紲の耳が、ぴくっと反応してしまう獣の鳴き声だ。

「さてと、そろそろ豹になるかな。モフモフする？」

「――モフモフ……」

「ぎゅってしたくない？」

「そりゃ……したいけど」

正直とても毛皮に飢えていた紲は、うずっと指が動きだす感覚を覚える。

蒼真はジャケットを脱いで両腕を広げ、「シーッ」と、しなやかな筋肉と関節を伸ばした。

薔薇や桜の木で囲まれた庭の中心で、いそいそと服を脱ぐ。そして全裸になるなり変容し、豹の体でもう一度全身を伸ばすポーズを取った。いつもながら鮮やかな変容だ。

紲には、嫉妬《しっと》深くて誤解しやすい夫がいるのだが――豹はお構いなしに身を寄せてくる。

黄金の毛皮の手触りと温もりに誘われて抱きつくと、『ルイと一緒に居る紲が好きだよ』と、甘い声で告げられた。

「蒼真……」

「――紲！」

しっくりくる豹の体にしがみついていた紲は、屋敷から走ってくるルイの姿に目を瞬《またた》かせる。

あんなに勢いよく飛びだした彼が、何故すぐ戻ってきたのかわからなかった。引き続き目をぱちくりさせていると、ルイが手の届くところまでやって来る。

「邪魔するって言ってたのに……どうしたんだ？　忘れ物でもしたのか？」

「そう、忘れ物だ。うっかりして一番大切なものを忘れていた」

「え……っ、あ……うわ！」

紲は豹の体から引き剝がされ、ルイに抱き上げられた。後ろから摑まれたにもかかわらず、あっという間に宙で体を返される。

お姫様抱っこはやめてくれ――と普段から口を酸《す》っぱくして言っているのに聞いてもらえず、今夜もまたやられてしまった。背中と膝裏を支えられながら、熱っぽい視線を注がれる。

「……っ、下ろしてくれ」

「二人の邪魔をしようにも、私一人では上手くいかない気がする。紲、一緒に邪魔してくれ」

「そんなこと真顔で言われても……だいたい、外野《がいや》が何をしてもしなくても、惹《ひ》かれ合う時は惹かれ合うものだし、人の恋路《こいじ》を邪魔しちゃ駄目だろ？」

「――あの二人っ、もう惹かれ合っているのか？」

「いや、そういうわけじゃなくて……とにかく下ろしてくれ」

困ったお父さんだなと思いながら、紲はプッと吹《ふ》く。豹の蒼真まで「ブフッ」と吹いた。

ルイは下ろしてはくれなかったが、そのまま椅子の上に腰かける。

紲は力を抜いていた左手に豹の額の感触を覚え、撫でろ——と無言で要求されるまま毛皮を撫でた。しっとりと滑らかな手触りを愉しみながら、もう片方の手をルイの首に回す。

「ルイ……子供達のことを考えるのもいいけど、俺を忘れ物にしないでくれ」

雪色の肌から漂う薔薇の香りに誘われて、紲はルイの頰に唇を寄せる。

下からも二階の窓からも視線を感じたが、構わずにキスをした。

見せつける気はない。ただし幸福は伝染《でんせん》すると信じている。

「私は謝らないぞ。蒼真に感《かま》けて、夫について来ないお前が悪い」

「うわ……なんだよそれ」

ルイは予想外に反論してきて、むくれた顔まで見せてきた。もちろん紲も膨《ふく》れっ面《つら》になる。

しかし長くは続かなかった。睨み合ってこつんと額を当てると、途端に頰が緩んでしまう。

「——紲……」

愛しげに名を呼んだルイは、両腕に一層力を籠めた。紲もまた、両手でルイのうなじを引き寄せる。お互いが求め合うまま、唇を近づけた。誰に阻まれることもなくキスをする。

祝福の視線と、咲き誇る薔薇の香りに包まれながら——。

✦咲き誇る薔薇の宿命 END✦

あとがき

こんにちは、犬飼《いぬかい》ののです。本書をお手に取っていただきありがとうございました。

ルイ&紲《せつ》の薔薇《ばら》の宿命《しゅくめい》シリーズは、この四冊目で完結となります。

昨年からずっと、可能であればラブコレの出る月に完結させて、同時に番外編を書きたいと思っていましたので、希望が叶い大変嬉しいです。それもこれも、今まで応援してくださった読者様のおかげです。温かい御言葉の数々、本当にありがとうございました。

ラブコレの番外編は本編とは打って変わってお気楽な雰囲気で、主要メンバー以外に人間の煌夜《こうや》も登場しています。そちらも是非よろしくお願い致します。

今後についてですが、ルイと紲以外を主役にしつつ、二人も登場する話を書かせていただく予定です。少し時間が空いてしまいますが、どうかまたお付き合いください。


最後になりましたが、私にとって初めてのシリーズを担当してくださった國沢智《くにさわとも》先生、四冊通して本当に素晴らしいイラストを描いていただき、夢のように幸せでした。心より御礼申し上げます。そして担当様、今回も適切なご指導をいただきありがとうございました。

それではまた、ラヴァーズ文庫さんで皆様にお会いできますように。ルイや紲や蒼真《そうま》や馨《かおる》を、これからもよろしくお願いします。最後までありがとうございました！

Lovers Label

咲き誇る薔薇の宿命

ラヴァーズ文庫をお買い上げいただきありがとうございます。

この作品を読んでのご意見・ご感想をお聞かせください。

あて先は下記の通りです。

〒102－0072
東京都千代田区飯田橋2-7-3
(株)竹書房 ラヴァーズ文庫編集部
犬飼のの先生係
國沢 智先生係

2013年6月1日
初版第1刷発行

●著 者
犬飼のの ©NONO INUKAI
●イラスト
國沢 智 ©TOMO KUNISAWA

●発行者 後藤明信
●発行所 株式会社 竹書房
〒102－0072
東京都千代田区飯田橋2-7-3
電話 03(3264)1576(代表)
03(3234)6246(編集部)
振替 00170-2-179210
●ホームページ
http://bl.takeshobo.co.jp/

●印刷所 共同印刷株式会社
●本文デザイン Creative·Sano·Japan

落丁·乱丁の場合は当社にてお取りかえいたします。

本誌掲載記事の無断複写、転載、上演、放送などは著作権の承諾を受けた場合を除き、法律で禁止されています。

定価はカバーに表示してあります。

Printed in Japan

ISBN 978-4-8124-9484-4 C 0193

本作品の内容は全てフィクションです
実在の人物、団体、事件などにはいっさい関係ありません

ラヴァーズ文庫
Lovers Label
ラヴァーズコレクション
ラブ♥コレ
9th anniversary
創刊9周年記念BOOK♥
「心に愛は満ちてるか?」「鳳凰の片翼」「咲き誇る薔薇の宿命」の番外編
イラストレーターによる特別描き下ろし漫画を収録!!
高《たか》岡《おか》ミズミ
MIZUMI TAKAOKA & MICHI MATSUMOTO
マツモトミチ
ふゆの仁《じん》子《こ》
JINKO FUYUNO & CHIHARU NARA
奈《な》良《ら》千《ち》春《はる》
犬《いぬ》飼《かい》のの
NONO INUKAI & TOMO KUNISAWA
國《くに》沢《さわ》 智《とも》
相馬&樋口
「外にも愛はあふれてる」
レオン&梶谷
「獅子身中の虫」
ルイ&紲
「悪魔のヴァカンス」
好評発売中!!